文豪聖地巡礼

朝霧カフカ 監修

立東舎

監修者のことば ― 朝霧カフカインタビュー

本書を片手に、文豪の息遣いを感じてほしい

聖地の魅力
文豪へ挨拶に行ける場所

――本書では文豪の「聖地巡礼」ということでゆかりの地などを紹介しているのですが、土地に重きを置くということについて、どのようにお考えでしょうか。

朝霧　この書籍では土地に重きを置くことで、紹介されている場所を実際に訪ねることができるという魅力があります。もちろん、本書で紹介する文豪たちは既に死去してしまっていますが、彼らが生きていた場所を訪ねることで得られるものは大きいですね。私自身が実際に行って一番印象的だったのは、太宰治の墓です。三鷹にあることは知っていたし、写真でみてもいたので、軽い気持ちで訪ねたのですが、想像以上でした。墓地に入った瞬間、そこを満たしている空気に圧倒されるというか、写真でみていてもわからないような、独特の迫力があるんです。そこに立つと、太宰の気配や息遣いまで感じるような……これはちょっと言葉で伝えきれない感覚でした。筆舌に尽くしがたいものがあるので、読者の皆さんにもぜひ行ってほしいです。しかもそんな状態で後ろを振り向くと森鷗外の墓もあるんですから。「えらいところに来ちゃったな」と思う場所でした。

――オーラのようなものを感じられる土地、といった感じでしょうか？お墓以外だと、どんな場所がありますか？

朝霧　仕事の関係もあって宮沢賢治のゆかりの地をみに行く機会もありましたが、これも面白かったです。彼が生まれ育った岩手県の花巻市やその周りの土地も含めて、こうし

た環境にふれていたから賢治はあのような作品が書けたんだと実感することができます。東京とは絶対に違う。それと、これはちらっと通りかかっただけなんですが、国木田独歩が愛した武蔵野の土地も面白いですよ。彼が「武蔵野」に書いた通り、自然の風景がとてもきれいなんです。緑の深さや草花の生え方というか……本当に作品通り。作品で描かれている場所を丁寧になぞって歩いてはいないので、どこまで彼が実際にみた景色をみられているのかはわかりませんが、国木田はこれを書きたかったんだと実感しました。このほかにも、本書に掲載されている聖地のなかで行ったことがあるところもありますし、私自身改めて行ってみたくなった場所もありますね。

――そうした「聖地巡礼」の魅力はどこにあるとお考えですか？

朝霧　文豪の聖地に関していうなら、ふたつのパターンがあると思いますね。ひとつは彼らが書いた作品の舞台などを訪ねる「作品の聖地巡礼」です。これをすると想像の解像度が上がるんですよね。作品での描写が実際に自分の目でみた景色と結びついて、より具体的に、鮮明に想像できるようになる。ひとつの作品を読むとしても、実際にその場をみて、空気を感じていることでより深く作品を理解できるんです。もうひとつは、「文豪自身の聖地巡礼」。これは、ある意味アイドルなどをみに行くのに近いかもしれません。彼らはどうしても遠い存在で、どこか非現実的に思えてしまうのですが、実際に墓や住んでいた家、泊まった宿などをみに行くと、本当にそこにいたんだなと実感するこ

武蔵野

国木田が「武蔵野」の中でつづった風景美は、現代の武蔵野のイメージを作り上げたともいえる。武蔵野市には現在も多くの公園があり、緑が溢れている。

東京都武蔵野市

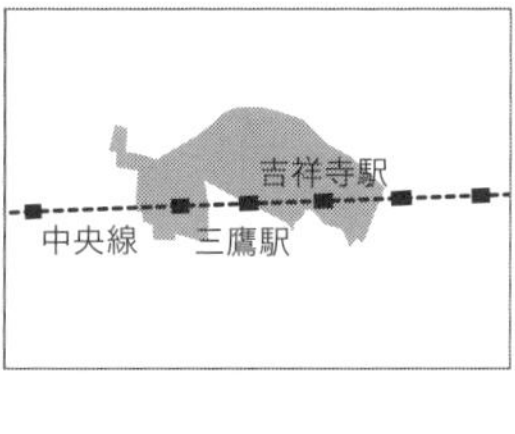

とができます。

――『文豪スレイドックス』は、実在する場所が多く出てくるため、「作品の聖地巡礼」がファンの中で人気なようですが、朝霧さんの場合は彼らが実在した痕跡をみに「文豪自身の聖地巡礼」をされているんですね。

朝霧　それと私の場合、物書きのひとりとして、先輩に顔を合わせに行っているという感覚もあります。作品を読んで知っている大先輩に、「お世話になっています」と挨拶する感じです。もちろん彼らがそこにいるわけではないのですが、ひとりの人として文豪と向き合い、一対一の関係を得られるように感じるんです。突き詰めていくと、彼について知ることよりも挨拶をしていきたいと思ってしまうんですよね。

文豪の聖地で深まる人と作品の魅力

――朝霧さんの『文豪ストレイドッグス』をきっかけに文豪に興味を持つ人も増えているようです。なぜ文豪という存在がこれほど愛されるのだと思われますか？

朝霧　文豪がほかの人物と一番違うのは、彼らがずっと自分自身を含めた「人」や「生」を描いていたことだと思います。時代に名を遺した政治家も軍人もそういったことはしない。言葉を磨き上げて、自分が何を考え、どう生きていたのかを描いていたのは文学者だけです。だからこそ、百年もあとに生まれた私たちが彼らについて読み、理解して楽しむことができる。ひとりひとりの個性的な面白さもあるとは思いますが、そのうえで共感できる点は大きな魅力ですね。

――では、朝霧さん自身が書くために彼らについて調べてみて、印象が変わったということはありますか？

朝霧　芥川龍之介は作品と本人とでかなり印象が違いましたね。というより、作品に人格は出さず、徹底して魅力的な作品にしようと計算していた人ですので、調べて初めて本人について知ったという感じでした。泉鏡花も美しい文章と感性から芸術家タイプを想像していたのですが、かなり真面目な文学青年といった人で驚きましたね。意外だったという意味では、梶井基次郎や谷崎潤一郎などもそうですが……こちらはむしろ人格的には難ありだと知った感じでしょうか。梶井はダメな男子大学生のようなエピソードがたくさんありますし、谷崎は私生活や性的倒錯の話がいくらでも出てくる。どちらも作品の儚さ、美しさとは随分隔たりがあります。こうした意外な魅力も、文豪について調べる楽しみのひとつですけどね。

――作品づくりや人格面などで、彼らから影響を受けたことは？

朝霧　作品づくりに関しては、数えきれないくらいあります。たとえば太宰とか。周囲の世界となじむことができない自意識の苦しさっていう、多くの人が心に抱えていて言語化できなかったものを、あれほど明確に作品化した人はいませんから。確実に影響は受けていますね。ただ、ほかの作家も含め、作者として影響を受けることは多いのですが、文豪が先人として立っていることは苦しくもあります。同じことをしても勝てないと思ってしまいますから。それと、人格的には……影響を受けないほうがいい人の方が多いんじゃないかな。

――日々文豪と関わる作品を書いている朝霧さんですが、今改めて行ってみたいと感じている聖地などはありますか？

朝霧　これを聖地と呼ぶのかはわかりませんが、今は全国の文学館に行ってみたいですね。文学館はほかではみられない膨大な資料があるので、その作家のなかに入り込んでいくような感覚になれます。とくに夏目漱石の文学館は気になっています。「木曜会」をやっていた漱石山房も復元されているそうで、資料だけでなく本人が暮らした家もみることができる（新宿区立漱石山房記念館／住所：東京都新宿区早稲田南7）。その意味では立派な聖地巡礼ですしね。それと、こういった場所の場合はまた別の面白さもあって、ここは漱石の聖地であると同時に、芥川や菊池寛といったたくさんの文豪の聖地でもあるんです。彼らは漱石山房に通っていましたから。じつはそういった場所はいくつもあって。漱石の下の世代の文豪たち、芥川や志賀直哉、菊池寛だって、漱石の家を訪ねていましたし、いま私たちがしているような「聖地巡礼」をしていたと思うんです。そういう意味でいうと、いま漱石記念館があるのは、実際の漱石山房の跡地なんですね。だから、私たちは漱石の足跡をたどりながら、彼にあこがれたたくさんの文豪たちのあとを歩くこともできる。もちろん漱石以外の文豪でも、こうした名所はたくさんあります。ぜひ本書を片手に彼らに会いに行って、息遣いを感じてほしいと思います。この本は、まさにそのためのマップになるんじゃないでしょうか。

目次

監修者のことば　朝霧カフカインタビュー……002
文豪聖地マップ……008

第一章　泉鏡花がみた「紅露時代」の文豪

泉鏡花
金沢で怪異に親しみ、神楽坂で開花した文才……013

尾崎紅葉
港区を愛した「職人気質」の芸術家……021

幸田露伴
青森から郡山まで、命からがら歩く中で見つけた筆名……029

田山花袋
引っ越しすら炎上してしまった不幸な「こじらせ」男……037

国木田独歩
武蔵野の自然に癒やされた薄幸の人……043

第二章　夏目漱石とその遺伝子

夏目漱石
熊本、東京、京都に残された足跡……051

正岡子規
松山と東京をつないだ創作へのエネルギー……059

志賀直哉
日本中を移り住んだ作家が選んだ我孫子の地……067

芥川龍之介
日曜日は「我鬼窟」の日……075

室生犀星
「田端文士村」から「馬込文士村」へ……083

萩原朔太郎
乱歩とメリーゴーランドに興じた日……091

菊池寛
「新感覚派」は、湯島のすき焼き店で準備された？……099

第三章　川端康成と世代を超えた友

川端康成
鎌倉から日本の美しさを歌った寡黙な趣味人……109

◉横光利一
下北沢にいまも響く靴音……117

◉梶井基次郎
病弱ながら野放図に駆け抜けた三十一年の生涯……123

◉三島由紀夫
神保町で出会ったイデオロギーを超えた友……131

◉小林秀雄
「近代批評の父」は酔って水道橋駅ホームから転落……139

第四章　中原中也と「無頼」の文豪

◉中原中也
京都での出会い、鎌倉での別れ……149

◉太宰治
三鷹に眠る無頼の魂……161

◉井伏鱒二
後輩思いで知られる阿佐ヶ谷文士村のボス……171

◉坂口安吾
無頼派で一番長生きした「ファルス」の作家……179

◉織田作之助
文壇バー「ルパン」での一夜……189

第五章　畸人作家列伝

◉江戸川乱歩
土蔵で執筆という伝説を生むほどの「人嫌い」……199

◉森鷗外
サロンとして機能した「観潮楼」での歌会……207

◉石川啄木
生活に追われて各地を転々とした「空想家」……213

◉谷崎潤一郎
最後の妻と暮らし、「細雪」を生んだ神戸の倚松庵……221

◉宮沢賢治
生涯を理想郷で暮らした「不遇」な農民作家……229

◉小林多喜二
「蟹工船」のイメージの源泉となった小樽の港……237

◉中島敦
横浜高等女学校の教卓に置かれた一輪のバラ……247

参考文献……254

北海道

小樽にはここで幼少期を過ごした小林多喜二の碑が、余市には電信局で働いていた幸田露伴の文学碑がある。小樽は「蟹工船」の原点ともいえる場所だ

東北

太宰治の生誕地である青森や、石川啄木、宮沢賢治の生誕地である岩手はぜひ訪れたい。福島は幸田露伴のペンネームゆかりの地で文学碑もある

関東

東京には多数の「文豪の痕跡」が残されている。また神奈川県も多くの文豪の聖地があり、そのひとつが本書のカバーで描かれた鎌倉・妙本寺だ

中部

静岡の旅館には多くの文豪が逗留している。室生犀星の生誕地である石川、坂口安吾の生誕地である新潟は、作品とも深いかかわりがある

文豪聖地マップ

本書で紹介している聖地の主なものを、8エリアに分けてみました。エリアごとの特性が感じられますね。各地にある「文豪の痕跡」をぜひ、ご自分でも体験してください。

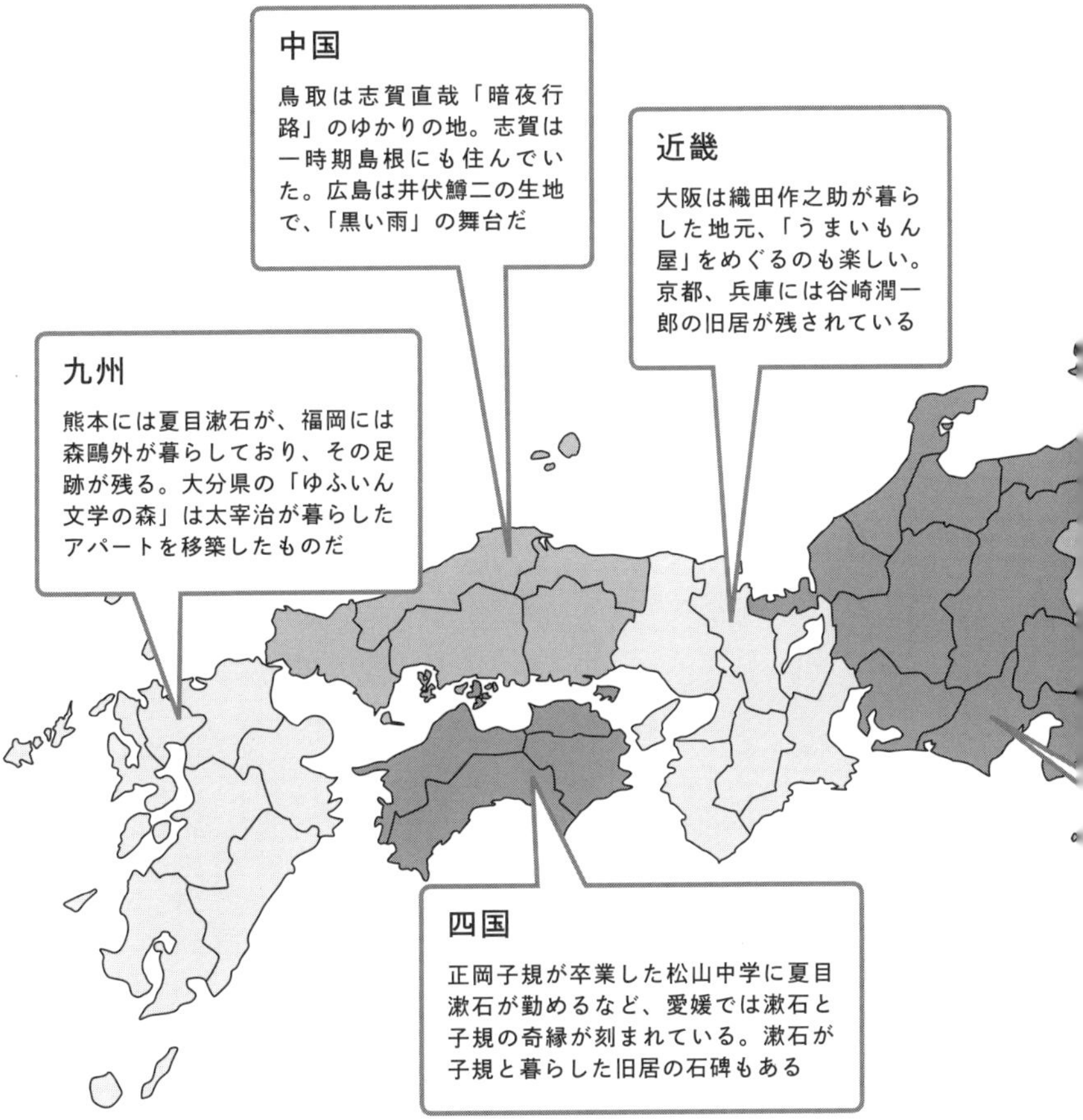
中国
鳥取は志賀直哉「暗夜行路」のゆかりの地。志賀は一時期島根にも住んでいた。広島は井伏鱒二の生地で、「黒い雨」の舞台だ
近畿
大阪は織田作之助が暮らした地元、「うまいもん屋」をめぐるのも楽しい。京都、兵庫には谷崎潤一郎の旧居が残されている
九州
熊本には夏目漱石が、福岡には森鷗外が暮らしており、その足跡が残る。大分県の「ゆふいん文学の森」は太宰治が暮らしたアパートを移築したものだ
四国
正岡子規が卒業した松山中学に夏目漱石が勤めるなど、愛媛では漱石と子規の奇縁が刻まれている。漱石が子規と暮らした旧居の石碑もある

第一章

泉鏡花がみた「紅露時代」の文豪

大きな火鉢を飛び越えて徳田秋声を殴りつける泉鏡花
（於：鏡花自宅　東京都［千代田区］下六番町11）

人物相関図

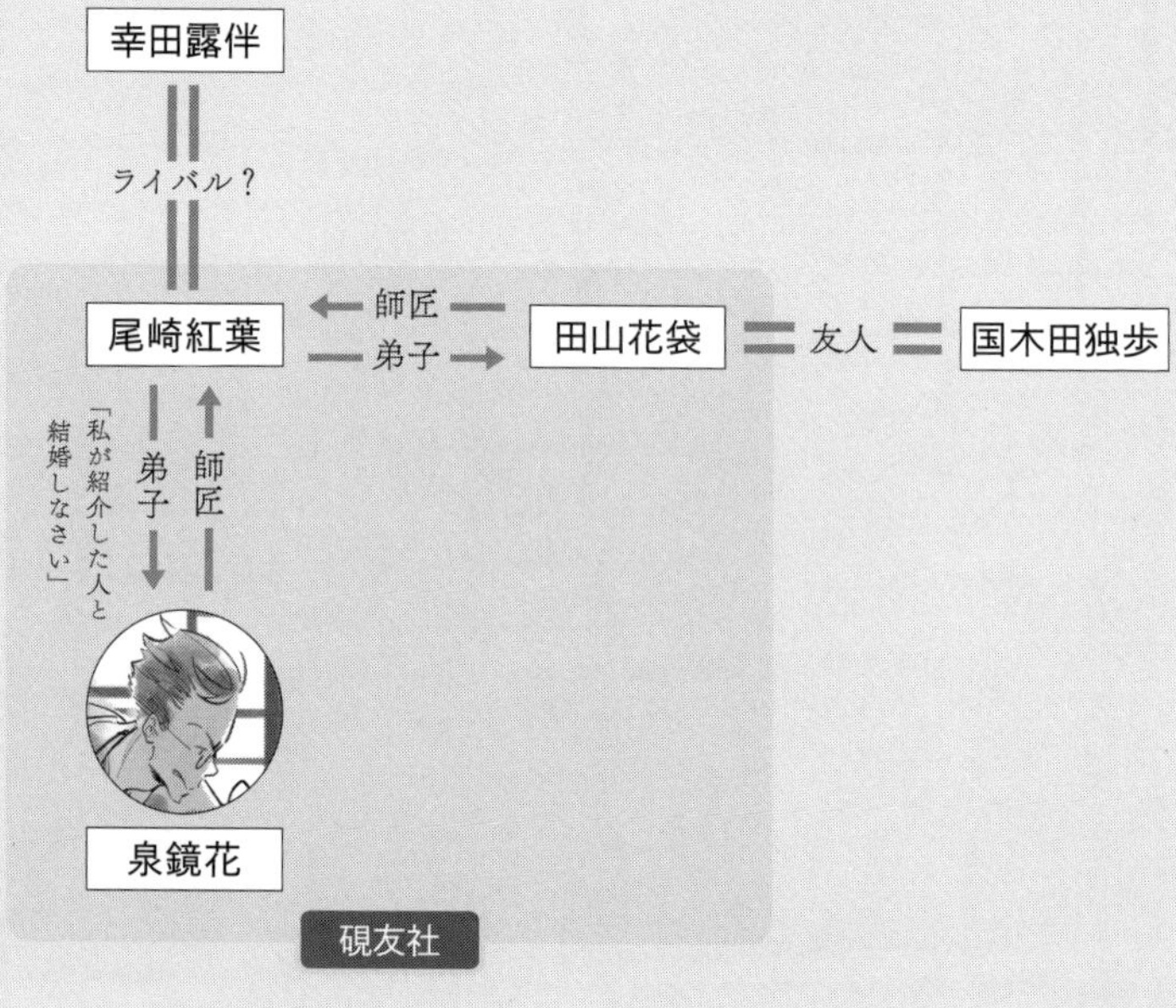
幸田露伴
ライバル？
尾崎紅葉
師匠
弟子
田山花袋
友人
国木田独歩
弟子
師匠
「私が紹介した人と結婚しなさい」
泉鏡花
硯友社

泉鏡花　金沢で怪異に親しみ、神楽坂で開花した文才

人では抗えないふたつの力

泉鏡花は石川県出身、徳田秋声[*1]や室生犀星とともに金沢の三文豪のひとりに数えられる。生家が鏡花の功績を伝える記念館となるほどの地元が誇る大文豪である。文章は美麗で、小林秀雄や谷崎潤一郎、三島由紀夫らが絶賛したほど。こうした文の特徴と「鏡花」というペンネームもあって女性のように思えるが、本名は泉鏡太郎であり、れっきとした男性だ。そしてその美文によって紡がれる物語は、かならずしも美しいばかりとはいいがたい。


まずこれで七分は森の中を越したろうと思う処で五六尺天窓《あたま》の上らしかった樹の枝から、ぼたりと笠の上へ落ち留まったものがある。

鉛《なまり》の錘《おもり》かとおもう心持、何か木の実ででもあるかしらんと、二三度振ってみたが附着《くっつ》いていてそのままには取れないから、何心なく手をやって掴《つか》むと、滑《なめ》らかに冷《ひや》りと来た。

（中略）

呆気《あっけ》に取られて見る見る内に、下の方から縮みながら、ぶくぶくと太って行くのは生血《いきち》

＊1　一八七二－一九四三年、石川県金沢市生まれ。小説家で尾崎紅葉の門下。代表作に「黴」や「縮図」などがある。

をしたたかに吸込むせいで、濁《にご》った黒い滑らかな肌《はだ》に茶褐色《ちゃかっしょく》の縞《しま》をもった、疣胡瓜《いぼきゅうり》のような血を取る動物、こいつは蛭《ひる》じゃよ。

泉鏡花「高野聖」

森のなかの沼地を歩いて通り抜けている最中、頭上から幅およそ七・五センチ、長さ九センチもあろうかという蛭が降ってくる。地面が沼地になっており、叩き付けても死なず、何度も這い上がり、次第に服のなかに入ってくる……。引用したのは「高野聖」の一場面だ。金沢市にある泉鏡花記念館（住所：石川県金沢市下新町二-三）では、一室にこの蛭の森をイメージした装飾が施されているという。彼の作品の特徴は、ただ美しいだけでなく、恐ろしい怪奇的な物語や妖怪譚を数多く紡いだことにあるだろう。

そうした作品を生んだ土壌は家庭にあった。彼の父は地元加賀藩で活躍する彫金師。大の日蓮宗の信者でもあり、よく鏡花を連れて寺参りに行っていたという。鏡花もその影響から相当な迷信家となり、この世には人では抗えないふたつの力があると信じるようになる。

僕は明《あきら》かに世に二つの大《おおい》なる超自然力のあることを信ずる。これを強いて一纏《まと》めに命名すると、一を観音力《かんのんりき》、他を鬼神力とでも呼ぼうか、共に人間はこれに對して到底不可抗力のものである。

鬼神力が具體的に吾人の前に顕現する時は、三つ目小僧ともなり、大入道ともなり、一本脚傘の化物ともなる。世に所謂妖怪変化の類《たぐい》は、すべてこれ鬼神力の具體的現前に外ならぬ。

泉鏡花「おばけずきのいはれ少々と處女作」

父から受け継いだ迷信のひとつ「鬼神力」は、彼のなかで妖怪変化となり、作品化されている。また、彼の迷信は若くして亡くなった母のイメージとも強く結びついたようだ。彼の母は鏡花が九歳のとき、妹を産むと共に産褥熱《さんじょくねつ》によって亡くなった。鏡花は母を強く慕っており、突然にもたらされた彼女の死は、鏡花の心に理不尽で抗いようもない悲劇として残っていた。彼の作品、特にデビュー後間もない時期の「少年もの」と呼ばれる作品群には、母の面影を映した美しい女性が一種異様な「異界」と共に登場している。

われのみならず、蓑谷《みのだに》は恐しき魔所《ましょ》なりとて、其一叢《そのひとむら》の森のなかは差覗《さしのぞ》く者もあらざるよし。優しく、貴く美しき姫のおもかげ瞳につきて、今もなつかしき心地ぞする。

泉鏡花「蓑谷」

この「蓑谷」の「姫」は、美しくも恐ろしい女性のイメージで、母に恋い焦がれる鏡花の心を表している。それほど彼の心に、母への思いは強烈な印象を残したのだ。

迷信と師への「信仰」が思わぬトラブルに

こうした信心や母への思慕から出発した鏡花だが、その「迷信」の対象は御仏だけではない。師であった尾崎紅葉に、「信仰」ともいえるほどの敬意を向けていた。そもそも、鏡花は紅葉の作品を読んだことから一念発起して東京の紅葉を訪ね、書生として弟子入りしているのだ。

僕が横寺町の先生の宅にいた頃、「読売」に載すべき先生の原稿を、角の酒屋のポストに投入するのが日課だったことがある。(中略)この大切な品がどんな手落で、遺失粗相などがあるまいものでもないという迷信を生じた。先《ま》ず先生から受取った原稿は、これを大事と肌につけて例のポストにやって行く。我が手は原稿と共にポストの投入口に奥深く挿入せられてしばらくは原稿を離れ得ない。やがてようやく稿を離れて封筒はポストの底に落ちる。けれどそれだけでは安心が出来ない。もしか原稿はポストの周囲にでも落ちていないだろうかという危惧《きぐ》は、直ちに次いで我を襲うのである。そうしてどうしても三回、必ずポストを周って見る。(中略)かくてともかくにポストの三めぐりが済むとなお今一度と慥《たしか》めるために、ポストの方を振り返って見る。即ちこれ程の手数を経なければ、自分は到底安心することが出来なかったのである。

これは鏡花が書生として紅葉の家に住んでいたころのエピソード。このときの家は、現在「尾崎紅葉旧居跡」として説明板が立てられているが、神楽坂の町中にあり、当時も民家や商店が並んで賑わっていた。そんな場所で、大の男がポストを眺めてはその周りをぐるぐる回っていたというのだから、その姿はさぞ異様だっただろう。それがわかりながらもこんなことをしてしまうほど、鏡花にとって紅葉はかけがえのない存在だった。そしてこの紅葉への大きすぎるほどの敬意が、後年思わぬトラブルを招くことになる。

一九二〇年代半ばのこと、改造社[*2]という出版社の社長、山本実彦は鏡花の元を訪ねていた。当時改造社ではある文学全集シリーズの刊行を準備しており、その最初の一冊に紅葉編を出したいということで、同じ紅葉の弟子だった秋声と共に相談しに来ていたのだ。鏡花は山本と秋声を書斎に通し、紅葉の思い出話かたがた、相談を始めた。

泉鏡花「おばけずきのいはれ少々と處女作」

紅葉が三十六歳の若死だつたといふ話の間に、秋声が「だけどほんとといふと、あんなに早く死ななくてもすむのに、あの年で胃ガンなんぞになるなんてのも、甘いものを食ひすぎたせゐだよ。(中略)」とかなんとか言つたらしいんだな。それはうそぢやなくて本当の話

*2　一九一九年、山本実彦により創業。総合雑誌『改造』を創刊し、アインシュタインをはじめ著名人を相次いで日本に招き話題を集めた。

なんだらうけど、とにかく泉鏡花にとって氏は「神様」だ、（中略）これはカーッとくるに違ひない。聞くが早いか、いまいつた胴丸火鉢をひとつ飛びに、ドスンと秋声の膝の上にのつかつてパッパッパッパッと殴つたんださ。

里見弴「私の一日」

「神様」だった紅葉を馬鹿にした秋声を鏡花は許せず、机と同じくらいの高さがあろうかという火鉢を瞬く間に乗り越えて殴りかかったという。同門の仲間でも容赦なく殴りつけてしまうほど、鏡花にとって紅葉は絶対の存在だったのだ。

師匠から叱責されても思い続けた女性

紅葉を崇拝し続け、死後も頭が上がらなかった鏡花だが、ひとつだけ大きくその意志に背いたことがある。結婚に関することだ。ことの起こりは一八九九（明治三十二）年。二十六歳だった鏡花は、紅葉が主催していた硯友社[*3]の新年会に参加していた。たくさんの芸妓たちが呼ばれる賑やかなも

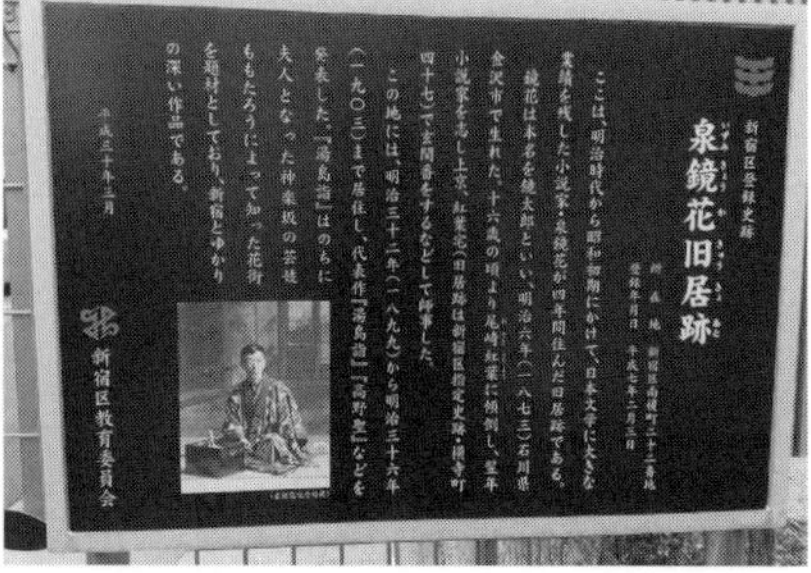

泉鏡花旧居跡
泉鏡花は1899（明治32）年から4年間ここに住んだ。現在は住宅地の中に看板のみが立っている。
東京都新宿区南榎町22番地

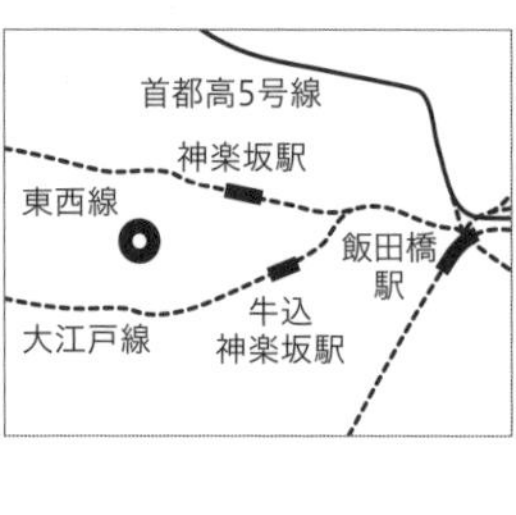

のだ。鏡花はそこで、当時十八歳だった芸妓、桃太郎に出会う。奇しくも彼女の本名は伊藤すずといい、鏡花が慕い続けた母と同じ名前だった。詳細は明らかではないが、懇意になったふたりは、度々逢瀬を重ねていた。

しかし、紅葉は明治の男性らしい価値観を持っており、芸妓遊びはあくまで洒落、立派な男子として結婚相手は良家を出た女性であるべきと考えていた。鏡花もそれを弁《わきま》えており、桃太郎との関係は紅葉に伝えていない。彼らの仲は日ごとに深まり、紅葉が胃がんを患って入退院を繰り返す生活に入ると、鏡花は桃太郎を自宅に引き取り同棲を始めたのだ。ところが一九〇三（明治三十六）年、鏡花と桃太郎との関係はどこからか紅葉に知られてしまう。

夜風葉を招き、デチケエションの編輯《へんしゅう》に就《つ》いて問ふ所あり。相率《あいひきい》て鏡花を訪ふ。昵妓《じつぎ》を家に入れしを知り、異見の為に趣く。彼秘して実を吐かず、怒り帰る。十時風葉又来る。右の件に付再人を遣し、鏡花兄弟を枕頭に招き折檻す。十二時頃放ち還す。

尾崎紅葉「十千万堂《とちまどう》日録」

これは紅葉の日記からの記述だ。黙って桃太郎を家に引き込んだことを知った紅葉は激しく

＊3　一八八五年に尾崎紅葉、山田美妙、石橋思案、丸岡九華によって発足。社名には「永遠に友でいる」という意味が込められている。一九〇三年、紅葉の死によって解体した。

怒り、鏡花を叱責する。そしてその結果、桃太郎は鏡花の下を去ることになった。このときの顛末を、鏡花は「婦系図《おんなけいず》」のなかで小説として描いている。

「是も非も無い。さあ、たとえ俺が無理でも構わん、無情でも差支えん、婦《おんな》が怨んでも、泣いても可い。憧《こが》れ死《じに》に死んでも可い。先生の命令《いいつけ》だ、切っちまえ。俺を棄てるか、婦を棄てるか。むむ、この他《ほか》に言句《もんく》はないのよ。」

（どうだ。）と頤《あご》で言わせて、悠然と天井を仰いで、くるりと背を見せて、ドンと食卓に肱《ひじ》をついた。

「婦を棄てます。先生。」

と判然《はっきり》云った。そこを、酌をした小芳の手の銚子と、主税の猪口《ちょく》と相触れて、カチリと鳴った。

泉鏡花「婦系図」

「婦系図」では、その後主人公・早瀬の恋人お蔦は病に倒れ、生命を落としている。しかし現実では、鏡花の恋人・桃太郎は健在で、帰らぬ人となったのは、師・紅葉の方だった。一連の事件が起きた年に紅葉は胃がんにより逝去。鏡花は桃太郎を妻として迎え、終生彼女を愛し添い遂げる。紅葉の葬儀では涙ながらに弔辞を読み、師匠が死後にも侮辱されたことに怒り同門を殴りつけるほど心酔していたが、その意志に反しても一緒になった妻のことを愛し続けた。

尾崎紅葉　港区を愛した「職人気質」の芸術家

療養で訪れた佐渡島での出会い

芸妓・桃太郎と鏡花の結婚に大いに怒っていた紅葉だが、自身もじつは鏡花とよく似た経験をしていた。彼は晩年に、病気の療養で訪れたある土地で給仕してくれた芸妓と懇意になっていたのだ。

そのエピソードを紹介するにあたって、まずは彼が芸妓に出会うまでの経緯を紹介しよう。紅葉は若くして文壇デビューし、明治二十年代には最大ともいえる流行作家になった人物だった。しかし弱冠三十五歳という若さで、胃がんにより亡くなっている。もともと胃を痛めることが多く、特に一八九九（明治三十二）年ごろから、長く続く胃痛に苦しめられていた。とはいえ当時まだ三十一歳、発症の時点では医師からも神経衰弱が原因だろうといわれており、紅葉自身も大したことはないと考えていたというが、気付いたときにはもう手遅れなほど病が進行していたのだ。

筆だに投ずれば必ず癒《なお》ると云ふのが、己の持病であつた。例に因《よ》つて其の筆を投じたが、験《しるし》が無い、服薬をしたが、それでも験の無いのは、此の四月以来の鬱々《うつうつ》楽まざる病。神経衰弱との診断で、之を治《じ》するは、煙霞《えんか》に如《し》く無しとの処方であつたのを、出億劫《でおっくう》に牽《ひか》されて、等閑《なおざり》にするではなかつたが、差当つて心地死ぬべく覚ゆるのでもない所から、風待《かざまち》をして居るやうに、今日明日と五十日約《ばかり》も過した。

尾崎紅葉「煙霞療養」

医師からは都会を離れて地方で療養するべきだといわれたものの、紅葉は億劫だからとそのままにしていた。しかしある日風呂に入っているとき、自分の身体が驚くほどやせ衰えているのに気付き、ようやく医師に従って真剣に療養をしようと決心する。そこで彼はその年のうちに旅行に出発。最初に訪れたのは栃木県の塩原温泉だった。

当時彼が泊まった宿はもう残っていないようだが、塩原の地は絶筆であり代表作でもある「金色夜叉」の続編、「続々金色夜叉」にも登場。「清琴楼《せいきんろう》」という宿が描かれている。これを受けて、明治時代初期から続いていた「佐野屋」という宿が後に「清琴楼」に改名し、今も経営を続けている。

紅葉はこの地であちこちの湯場を巡って数日間滞在。その後、療養もかねて新潟にいる親戚を訪ねた。その旅行の一環として渡った佐渡島でとある芸妓と出会い、親密な関係を築いたのだ。

彼が親しくなったのは「いと」という名の芸妓。紅葉は島に着いたその日に同行者と小木という町に到着、酒宴を開いており、そこに呼ばれたのがいとだった。紅葉はしばらく同地に滞在し、船で川を巡って現地の名所を訪ねたり、町長をはじめとした町の要人三十人ほどから歓待を受けたりして過ごしている。そのため、小木には紅葉にまつわる名所・名跡がいくつも残っている。両津港付近にあり、海からもみえる大松は「村雨の松」という名で親しまれているが、この名は紅葉がつけたという。こうしたところから彼の足跡を辿って回るのも面白いだろう。

彼はこの間にも度々酒宴を開いて豪遊、「療養」というには随分豪気で不摂生な生活を送り、いととの逢瀬を重ねていた。しかしこれはあくまで療養のための小旅行にすぎず紅葉は予定より滞在を延ばしたものの、十日ほどで出発することになった。

紅葉はこの旅に限らず、東京でも当時の男性らしく度々芸妓を呼び、遊んだりしていたはずだ。しかし、詳細にひとりの女性について書いているのはこの日記での一幕のみ。鏡花と桃太郎の恋愛を止めようとしていた紅葉の頭には、こうした自身の悲恋の記憶が残っていたのかもしれない。

清琴楼《せいきんろう》

明治初頭より続く温泉旅館。紅葉の「続々金色夜叉」の舞台となったことから、小説に登場した「清琴楼」という名前になった。

栃木県那須塩原市塩原458

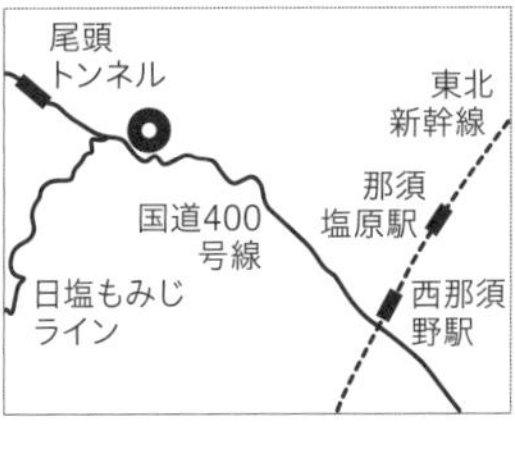

「写実主義」と文体へのこだわり

悲恋の話から紹介はしたが、そもそも彼は押しも押されもせぬ明治を代表する大文豪だ。その功績や人生についてみていこう。彼が生まれたのは明治が始まる直前、一八六八年の一月だった。同学年には夏目漱石や幸田露伴、正岡子規といった文人たちもいるが、そのなかでも一番早く文壇で頭角を現したのが紅葉である。

彼が生まれたのは現在の東京都港区。首尾稲荷神社という小さな祠の裏に「旧跡　尾崎紅葉生誕の地」と書かれた案内板が残っている。少々わかりにくいところではあるが、彼の筆名である「紅葉」も近くにある増上寺（住所：東京都港区芝公園四丁目七-三五）の紅葉山から取ったもの。彼はずっとこの地を愛し芝や増上寺にかかわる作品も著しているので、それを片手にこの地を訪れてみるのもいいかもしれない。

ここで生まれ育った紅葉は後に帝国大学（現在の東京大学）に進学、在学中に作品を発表して評価を受け、大学を退学して専業作家となる。当時は西洋風の文学が流行っていたが、彼はその手法を取り入れつつ、日本風の「人情」を描いた。その斬新な作風が人気を博したことから大学で同窓だった仲間たちと共に「硯友社」という文学グループを作り、雑誌『我楽多文庫』を創刊。数多くの弟子を抱えることになる。

こうして紅葉は「写実主義」の代表作家と呼ばれるようになり、同時期に評価を受けた「理想主義」の幸田露伴と並んで「紅露時代」といわれる一時代を現出した。

紅葉文学の特徴のひとつが、文体へのこだわりだ。デビュー作「二人比丘尼色懺悔《ににんびくにいろざんげ》」は雅俗折衷体《がぞくせっちゅうたい》と呼ばれる方法で書かれている。これは、地の文は文語体、会話文は口語体で書くというもの。紅葉はこの作品で高い評価を受け、文壇の寵児となった。しかし彼はそこで満足はせず、「です、ます」調・「である」調の言文一致体や文語体など、作品に合わせていくつもの文体を切り替えて、最適な方法を模索している。

もちろん、彼が活躍した明治二十年代は西洋文化の影響をうけて文壇の流行も大いに揺れていた時代。同じようにいろいろな文体を試していた作家は数多くいた。しかしなかでも紅葉は、「文体自体」を作品にするほど自覚的に取り組み、執心している。

≪おゝいや！　こりやァ雅俗折衷ね。一名攘夷鎖港文章。こんな物を見ると思想が陳腐になるワ。あなたも旧

首尾稲荷神社

裏路地にある小さな稲荷神社。裏に回ると「旧跡　尾崎紅葉生誕の地」と書かれているので、ぜひ見つけてほしい。

東京都港区芝大門2丁目7−15

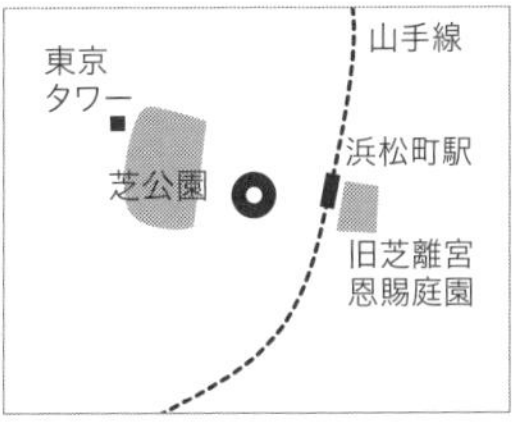

弊頑固は好加減にして言文一致宗に改宗なさいよ。貴女は流行の源で世界の流行はわれゝが造るといふ大任を持身でありながらあなた笑はれる事よ時世に後れるッて》

（中略）

……へェい御卓説御名論。西洋主義なら何でも輸入すべし。何でも長所は彼に在といふ御説。

先の引用は『百千鳥』という雑誌の一八八九年十月号に掲載された、連載「読者評判記」の《其三》……贔屓の掛合」の一幕。前半は「言文一致家」という人物の、後半は「雅俗折衷家」の言葉だ。まさに彼が用いていたふたつの表現の信奉者をキャラクター化して、お互いに相手を罵らせている。ここでは落語的で滑稽な話として描かれているが、少なくともこんな話を書けるくらいに、紅葉は文体に関心を持ち、双方の良い点と悪い点をみていたのだ。

紅葉のこうしたこだわりの強い側面は、職人だった父の影響もあっただろう。紅葉の父は、根付師である尾崎谷斎だった。

谷斎といふのは常に盛り場へ（相撲とか芝居とか）赤羽織を着て出入してゐたので、幇間としての方が名高かつたが、（中略）象牙彫りの腕前に於ては確かに秀れてゐて、谷斎の刻銘があれば品物の値が違ふと云はれた位。今でなら立派な美術家なのだが、時代が時代なので、人からも安く扱はれたので、紅葉はそれを気にしたのか、その谷斎の死去の時にも、兄弟同様にしてゐた硯友社中の、誰にも通知無しで、葬式を行つた。

江見水蔭「紅葉の身の上話」

同じ硯友社にいた後輩作家によると、紅葉は「幇間《ほうかん》」だった父を隠していた。しかし同時に父から受け継いだ「職人」らしいあり方はその精神に染みついており、文学という領域でその才能と心性が花開いていたのだ。

「硯友社」が導いた文学の道

文章に対して職人じみたこだわりをみせていた紅葉。しかしその姿勢はかならずしも万人に受け入れられるものではなかった。紅葉は「文学」に対してあくまで芸術として真剣に向き合っていたが、共に硯友社を打ち立てた盟友・山田美妙[*1]はより野心的に、功名心を持って文学をとらえていた。

美妙は二葉亭四迷[*2]と並んで、言文一致の始祖ともいわれている作家だ。紅葉と共に硯友社を打ち立て、若くして文学者として身を立てたころから自らの言文一致体を確立。その形式で多くの作品を発表している。

＊1　一八六八－一九一〇年、東京都生まれ。言文一致体および新体詩運動の先駆者として知られる。
＊2　一八六四－一九〇九年、現・東京都新宿区生まれ。日本の小説家、翻訳家。日本初の近代リアリズム小説・言文一致体の小説を発表。

しかし紅葉にはそれが気に入らなかった。言文一致で売れてからそれにすがり、同じ傾向の作を書き続ける、その姿勢を売文家のようにさえ感じていたのだろう。ときには直接本人に向けて「まるで女郎の文みたいだ」と罵ることさえあったという。こうした見方は先ほどの「贔屓の掛合」にも現れている。

「フゝゝゝ邪道婆天連文章落語家の傍聴筆記売女用文エへゝゝゝゝゝ」こういっているのは、もちろん「雅俗折衷家」だ。すべてが紅葉自身の考え、意見であり、美妙に向けられたものとは言い切れないが、少なからずこの言葉には美妙へのもどかしい思いも込められていたのだろう。この紅葉から美妙への視線の裏には、腕のいい職人でありながら幇間としてご機嫌取りのような真似をする父へのもどかしい気持ちがあったのかもしれない。その後、紅葉と美妙との間の確執は徐々に広がっていき、最終的に美妙は硯友社を離れることになる。文への姿勢が、少年時代からの親友ふたりの仲を裂いてしまった。彼らが硯友社を設立した場所は現在の東京都千代田区九段北一丁目十二‐十二、和洋九段女子中学校高等学校があるところだ。入り口脇の「硯友社跡」と書かれた看板が、彼らの友情の名残を伝えている。

幸田露伴　青森から郡山まで、命からがら歩く中で見つけた筆名

「紅露時代」を築いた紅葉のライバル？

「写実主義」の尾崎紅葉、「理想主義」の幸田露伴。露伴はそんな言葉で紅葉と並び称され、文壇で「紅露時代」といわれる黄金時代を築いた。そのため、彼らは現役時代からライバルとしてみられることが多かったという。しかしじつは彼らの経歴には多くの共通点があった。

まず、このふたりは同い年であり、同じ学校に通っていたことがある。彼らが通ったのは東京府の第二中学、現在の東京都立立川高等学校だ。このころ、紅葉は後に一緒に硯友社を立ち上げる友人、山田美妙とも知り合っていたが、露伴と紅葉の間に交流はなかったらしい。そして露伴は経済上の理由があり、わずか一年で退学。もし露伴が中途退学していなければふたりは学校で知り合って親しくなり、ともに硯友社同人として活躍していたかもしれない。

露伴はその後、私塾と技術学校通いを経て十八歳で就職。北海道の余市電信分局で働いていた。しかし生来学問が好きだった彼は、北海道に移ってからも暇をみつけては本を読み耽っていた。そして東京で始まった坪内逍遙[*1]や二葉亭四迷による新しい文学にふれ、いてもたってもいられず、帰京を決意したのだ。

*1　一八五九－一九三五年、岐阜県美濃加茂市生まれ。小説家。代表作に「小説神髄」「当世書生気質」およびシェイクスピア全集の翻訳がある。

身には疾《やまい》あり、胸には愁《うれい》あり、悪因縁《あくいんねん》は逐《お》へども去らず、未来に楽しき到着点の認めらるゝなく、目前に痛き刺激物あり、慾《よく》あれども銭なく、望みあれども縁《えん》遠し、よし突貫して此逆境を出《い》でむと決したり、五六枚の衣を売り、一行李《こうり》の書を典し、我を愛する人二三にのみ別《わかれ》をつげて忽然《こつぜん》出発す、時まさに明治二十年八月二十五日午前九時なり。

幸田露伴「突貫紀行」

彼が勤めた北海道余市の電信分局跡地には、現在露伴の文学碑が残されている（現・余市町農協西部支所付近）。北海道を出た彼は本州に渡り、引き戻しに来た人々を追い返して東京に向かう。しかし路銀が足りず、青森から郡山までの長距離を歩くことになった。歩き疲れた彼は、福島県の二本松市亀谷坂で力尽き、草のなかに身を投げ出して「のたれ死ぬとしたらこんな風だろう」などと考えながら、ひとつの句を詠んでいる。それが「里遠しいざ露と寝ん草枕」というものだ。

東京都立立川高等学校

1901（明治34）年からある都立高校。2人とも卒業まで一緒に過ごしていたら、文学の流れも今と違っていたかもしれない。

東京都立川市錦町2丁目13-5

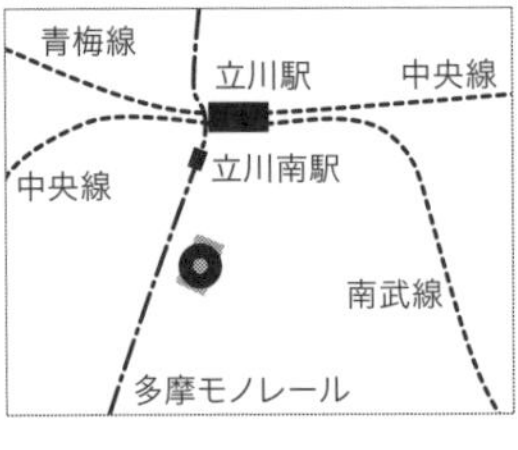

これが露伴にとって、作家として生きることを決意した出発点ともいえる事件だった。そこでこの句からとって「露」と「伴」にするという意味で「露伴」という筆名をつけたという。彼がこの句を詠んだ場所には、現在先ほどの句とともに「文豪　幸田露伴　ペンネームゆかりの地」と書かれた石碑が建てられている（住所：福島県二本松市亀谷一丁目一五〇）。

その後、命からがら帰京を果たした露伴は学問の道に戻ったのだが、そんな彼の文学の方向性を決定づけ、文壇の寵児へと押し上げた先人が居た。それが井原西鶴、「好色一代男」などでも知られる江戸時代の戯作家だ。露伴は西鶴の作品を友人を通じて知り、その虜になった。

そしてじつはここにも紅葉との共通点がある。なんと露伴に西鶴を教えた友人は、同じく紅葉にも西鶴の作品をすすめていた。そして彼らはともにその影響を受けて魅力的な文学を打ち立てている。この友人は、「紅露時代」の陰の立て役者だったといえるだろう。

陰ながら露伴を追う者

露伴が活躍した紅露時代の文壇について、田山花袋は以下のように振り返っている。

紅葉山人の『伽羅枕』、露伴の『ひげ男、』（ママ）それが一緒にY新聞に連載されるといふ廣告が出た時は大した噂だつた。一方は寫實派の統領、一方は理想派の領袖、これが並んで同じ新聞に筆を執るといふのであるから、その當時の文學愛好者を動かしたのも無理はない。（中略）紅葉の艶筆はいよく栄えて、『風流佛』で博し得た露伴と共に、その時の文壇に雄飛してゐた。

田山花袋「東京の三十年」

この当時花袋は二十一、二歳の学生だった。あくまでひとりの文学青年の視点からみて、紅葉と露伴は文壇の雄であり、いずれは追いつきたい憧れの存在だったという。花袋は先ほど引用で挙げた紅葉の「伽羅枕」と露伴の「ひげ男」について、「ひげ男」は五、六回で連載が途絶したのだが、そちらの方が面白く、人気も高かったと書いている。もし露伴がもっと広く弟子を取って活動していたなら、花袋はその一員として弟子になっていたかもしれない。

こうした花袋と同様、紅葉よりも露伴を称揚していた作家に永井荷風*2がいた。彼は「正宗谷崎両氏の批評に答う」と題した小説論で以下のように書いている。

大正六、七年の頃、わたくしは明治時代の小説を批評しようと思って硯友社作家の諸作を通覧して見たことがあったが、その時分の感想では露伴先生の『讕言長語《らんげんちょうご》』と一葉女史の諸作とに最も深く心服した。（中略）わたくしは今日に至っても露伴先生の『讕言長語』の二巻を折々繙《ひもと》いている。

永井荷風「正宗谷崎両氏の批評に答う」

これと同じく露伴も永井荷風の「濹東綺譚」を読んで「涼しい文章だ」と褒め、娘の文に読むようにすすめている。しかし、彼らは直接顔を合わせることはなかった。戦後にはふたりとも千葉県市川市に住んでいたが、お互いに挨拶に行くこともなかったようだ。

とはいえ、荷風は露伴が亡くなったときその葬儀の場を訪れている。ただし、正式に葬儀に参列したというわけではなかった。偶然葬儀場の付近で文芸誌の編集者に会った荷風は、その編集者から露伴の葬儀に行くのかと尋ねられた。しかし荷風は至って普通の服装で、礼服もないし記者も大勢いるだろうから行かないよと答えて帰ってしまったという。

しかしじつはこのとき、荷風はこの葬儀会場のすぐ近くまで行っており、会場までは入らず遠くからその様子を眺め、冥福を祈って帰ったのだという。奇人として知られる荷風らしいエピソードともいえる。そんな露伴と荷風だが、二〇一〇（平成二十二）年、同じところに彼らふたりの文学碑が建てられている。その場所は、市川市の白幡天神社（住所：千葉県市川市菅野一丁目十五-二）。露伴の葬儀が行なわれたまさにその場所だ。

花袋にしても荷風にしても、直接的な交流は少なく師弟関係でもなかったが、ともに露伴に惹かれ、魅力を感じていたのは確かだ。

＊2　一八七九-一九五九年、小説家。一九一七年から死の前日まで綴られた日記「断腸亭日乗」でも知られる。

引っ越し魔が住む「かたつむりの家」

獅子の児の親を仰げば霞可那
巌間の松の花しぶく瀧
ほそ道のここにも春のかよふ覧

この歌は、露伴が嫁いでいく愛娘、幸田文に対して贈ったものだ。幸田露伴について語るうえで、彼女の存在は欠かすことができないだろう。文が生まれたのは、一九〇四（明治三十七）年のこと。当時、露伴一家が暮らしていたのは東京の東向島だった。露伴は度々引っ越しを行なっており、家を背負って動き回るカタツムリに合わせて自宅を「蝸牛庵」と称していた。文が生まれたときの蝸牛庵は、露伴が生涯で最も長く、十年にわたって住み続けたところだ。この家は現在、愛知県にある博物館　明治村（住所：愛知県犬山市字内山一番地）に移され、「露伴旧居蝸牛庵」として公開。移設前の跡地には露伴児童公園という公園が作られ、カタツムリのオブジェや、「蝸牛庵物語」という紹介文を書いた文学碑も置かれている。

幸田文はこの家に生まれ、三歳のときに転居。その後も父とともに都内を転々としていた。そして、五歳のころに母を、そして八歳のときには姉を失っている。露伴はその年に再婚したのだが、文に教育やしつけを施したのは義母ではなく、父である露伴だったという。

> 掃いたり拭いたりのしかたを私は父から習った。掃除ばかりではない、女親から教えられる筈であろうことは大概みんな父から習っている。パーマネントのじゃんじゃら髪にクリップをかけて整頓することは遂に教えてくれなかったが、おしろいのつけかたも豆腐の切りかたも障子の張りかたも借金の挨拶も恋の出入も、みんな父が世話をやいてくれた。
>
> 幸田文「あとみよそわか」

露伴の家事に対するこだわりは、自身が受けていたしつけからきている。露伴の父は教養に執心しており、露伴が幼いころから厳しく教育していた。家事も同様で、露伴は幼いころ、毎朝早くから仏壇を拝んで食事を供え、家中を雑巾がけしていたという。そして同様の教育を娘に伝えていたのだ。

彼の教育は生半可なものではない。はたきやほうきの使い方、水の扱いなどを逐一指導され、やってみろと指示されて間違っていれば叱られる。そうして育てられた文は

提供：博物館　明治村

蝸牛庵

露伴は自分の家を蝸牛庵＝かたつむりの家と呼んだ。中でも一番長く住んだ家が明治村に移築され保存されている。

現・墨田区東向島1丁目（旧・東京都墨田区東向島3丁目26番地）

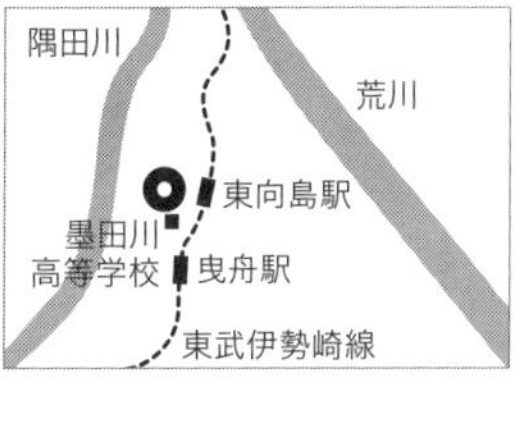

一九二八（昭和三）年に商売人の男性と結婚したが、後に離婚して実家へと戻った。一九四七（昭和二十二）年に露伴が亡くなると、父とのさまざまな思い出をもとにエッセイを執筆。そこから評価を受けて小説も書き、後年には数々の文学賞を受賞している。彼女は間違いなく父の血を引き、その教えを受けて育っていたのである。

彼女は露伴が亡くなるまでの数年間を描いたエッセイのあとがきに、冒頭に掲げた句をひいてその思いを書いている。

獅子の児の親を仰げば霞かな

親は遂に捐《す》てず、子もまた捐てられなかったが、死は相捐てた。躍り上がれぬ文子が一人ここにいる。しかし、四十四年の想い出は美醜愛憎、ともに燦として恩愛である。これから生きる何年のわが朝夕、寂しくとも父上よ、海山ともしくない。

幸田文「父」

獅子が我が子を千尋の谷に突き落とすように露伴は文を厳しく育てた。しかしその教育を文は確かに受け止めている。だからこそ、その想い出は「美醜愛憎、ともに燦として恩愛」だったのだ。

田山花袋　引っ越しすら炎上してしまった不幸な「こじらせ」男

「蒲団」のモデルとなった市ヶ谷の牛込・矢来町

明治に生まれ、現代まで名を残す「文豪」。そんな人物であれば、さぞ立派だろうと思われるかもしれない。しかし文豪それぞれの人生を紐解いていくと、思わぬエピソードを持った人物にぶつかることがある。そのひとりが田山花袋だ。彼が生まれたのは現在の群馬県館林市。その生家があった土地には記念の看板があり、建物は同市の第二資料館に移設されている。彼はここで漢学や和歌を学んで育ち、十四歳で進学のために上京し、友人を通じて海外文学や当時の小説にふれたことから、文学者を志して都内で門戸を開いていた尾崎紅葉のいる硯友社の門を叩いた。

彼は紅葉や先輩文人たちの指導を受けて文学を学んでいたものの、文章の細部ばかりにこだわる硯友社の方針には必ずしも同調できず、同社の同人たちよりも、親しかった詩人や歌人たちと共に過ごしていることの方が多かった。そして実体験や綿密な取材に基づいた「蒲団」や「田舎教師」などの作品で、「自然主義」を打ち立て、文壇の評価を受ける。しかしある時期からは人気も衰え、日本中の温泉地を訪ねた紀行文や随筆などの執筆が増えていた。そうした彼のさまざまな文章に、人情沙汰をありのままに描く紅葉の「写実主義」の精神が見受けられる。

このように概略を辿ると、真面目で素朴な人物に思えるだろう。しかし、さらに細かく作品やその背景を掘り下げると、隠された「こじらせている」面がみえてくる。

時雄は机の抽斗《ひきだし》を明けてみた。古い油の染みたリボンがその中に捨ててあった。時雄はそれを取って匂いを嗅いだ。暫《しばら》くして立上って襖を明けてみた。大きな柳行李が三箇細引で送るばかりに絡《から》げてあって、その向うに、芳子が常に用いていた蒲団《ふとん》——萌黄唐草《もえぎからくさ》の敷蒲団と、綿の厚く入った同じ模様の夜着とが重ねられてあった。時雄はそれを引出した。女のなつかしい油の匂いと汗のにおいとが言いも知らず時雄の胸をときめかした。夜着の襟《えり》の天鵞絨《びろうど》の際立って汚れているのに顔を押附けて、心のゆくばかりなつかしい女の匂いを嗅《か》いだ。

性慾と悲哀と絶望とが忽《たちま》ち時雄の胸を襲った。時雄はその蒲団を敷き、夜着をかけ、冷めたい汚れた天鵞絨の襟に顔を埋めて泣いた。

田山花袋「蒲団」

これは、花袋の代表作「蒲団」からの引用。「自然主義」と呼ばれる文学潮流を生み出した、文学史を語るうえで欠かせない一作だといえる。本作の主人公・時雄は妻子持ちの小説家で、横山芳子という女学生を、本人からの強い希望で弟子にとっていた。彼らは良好な関係を築き、時雄は芳子との恋愛まで夢想したが、ある日彼女の恋人が田舎から上京してくる。時雄はこの恋人に会い、さらに彼女たちの仲が深いところまで進んでいると知って激怒。彼女を田舎に追い返してしまう、というのが本作のあらすじだ。

引用したのは、彼女が去ったあとの場面。簡単にいえば、芳子との不倫を夢みたがフラれてしまい、嫉妬の余りに彼女を追い出した時雄の姿だ。彼は芳子を失ったことで悲しみ、寝間着の匂いを嗅ぎながら涙を流す。なんとも情けない、ひどい場面である。

しかしこの「ひどさ」が話題になった。じつはこの作品、当時の読者が読めば、すぐに時雄のモデルが作者である花袋その人だとわかるようになっている。作中に自分の「性」の部分を、情けないほど描き出したことが注目されたのだ。

これは彼のゴシップも多く引き出した。彼は「蒲団」発表の直前に、作品のモデルともなった市ヶ谷の牛込・矢来町から引っ越し、渋谷区代々木三丁目九に居を構え、亡くなるまでその地に住んだ。しかし、この引っ越しすら読者からは「蒲

田山花袋記念文学館
花袋が少年時代を過ごした旧居跡は現在、永久保存と活用のため館林市第二資料館に移築され、旧居を売却した際の「建家売渡証」は、田山花袋記念文学館に保管されている。
群馬県館林市城町1-3

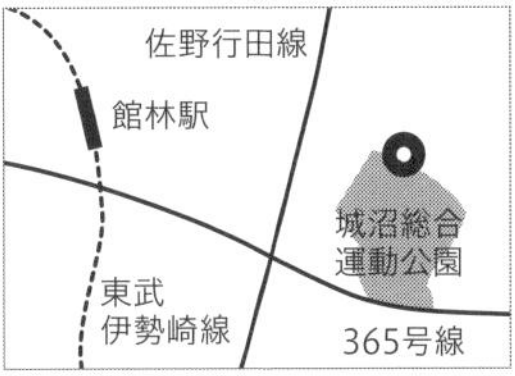

団」の原稿料、女を話の種にして得た金で移ったものだと揶揄されたという。だがこれは正しくなく、じつは芳子のモデルとなった弟子の実家から金を借り、それによって家を建てていたと自ら弁解していたそうだ。現在もこの地には「田山花袋終えんの地」と書かれた碑が残っているが、その経緯を考えるとなんともわびしいものである。

藤村と花袋　友人として、文人として

ここまで花袋を、自然主義の大家でありながら、随分情けない人物として紹介してきたが、もちろん彼はそれだけの人ではない。彼は友人も多く、周囲の文人たちから愛されていた。そんな友人のひとりが「若菜集」などの詩や、「破戒」「春」「夜明け前」といった小説で知られる文豪、島崎藤村だ。花袋と同い年であり、二十代のころから花袋が亡くなるまで親交をあたためている。そして藤村は、花袋の創作に大きな影響を与えた人物のひとりだ。

藤村の代表的な小説のひとつに「破戒」がある。これは主人公が、田舎の村落で被差別部落出身であることを告白するまでを描いた作品。藤村と同じ長野県出身で兵庫県の中学校で校長を務めながら、堂々と自身の出自を発表したという人物がモデルとなっているという。この作品の登場は、ふたつの点で花袋の「蒲団」執筆に大きな影響を与えていた。

それは戦争から帰つて来た翌々年、戦争のすつかり了つた翌年であつた。償金は取れなかつたが、社会は戦勝の影響で、すべて生々として活気を帯びてゐた。文壇も、もう島崎君の『破戒』が出て、非常に喝采を博し、國木田君の『独歩集』も漸く世に認められて、再版三版の好況を呈した。

（中略）

私は一人取残されたやうな気がした。

田山花袋「東京の三十年」

この「國木田君」とは、もちろん作家であり親友でもあった国木田独歩のこと。彼は藤村や独歩といった友人たちが世間で評価を得ている様をみては、いまだに文壇でくすぶっている自分に焦りを感じていた。これが彼が「蒲団」を書くに至る動機のひとつだったのだ。そして「破戒」が持っていたもうひとつの重要な意味が、そのテーマである「告白」だった。

「破戒」のモデルは作者自身ではなかったが、ある秘密を白日の下にさらすまでの懊悩を克明に描いた作品は、文壇に衝撃を持って迎えられた。その作品をみていたからこそ、花袋は自身の胸に秘めていた秘密を、ありのまま作品に描くことができたのだ。ある意味で、花袋にとって藤村は恩人だったとさえいえる。

その後、花袋と藤村の友情は、花袋が亡くなるまで続く。彼は一九二八（昭和三年）に脳溢血を起こして入院。さらに喉頭がんになり、一九三〇（昭和五年）に亡くなった。そして藤村は花袋の晩年、病床に横たわる彼を見舞っている。

十一日の午後私が病床を見舞うと花袋君は大変喜び「もう自分も死を覚悟しなければなるまい、時の問題だ」というので田山君も生とか死とかいうことについては随分考えた人だから「この世を辞して行くとなるとどんな気がするかね」と問うと「何しろ人が死に直面した場合にはたれも知らない暗い所へ行くのだからなかなか単純な気持のものじゃないといっていました

島崎藤村「田山花袋との最後の対面」

がんにかかり、病床に就いている友人に「今どんな気持だ？」と聞ける人がどれほどいるだろうか。そしてそれに率直に受け答えする友人は？　——彼らは作家であり、ずっと人生を、生と死を、人間をみつめてきた。また、友人たちのなかでも彼らは長命であり、花袋は独歩をはじめ、幾人もの仲間を見送っている。そんな彼らだからこそ、この「最期の言葉」が成り立ったのだ。最後の最後まで花袋は文人であり、この最期の言葉がその証明だったのだといえるだろう。

国木田独歩　武蔵野の自然に癒やされた薄幸の人

「丘の上の家」での花袋との出会いと「日光時代」

国木田独歩は、自分が求める理想と実際に過ごす現実の生活との間で苦しみ続けた、薄幸の人である。彼は大学進学で上京したが、知人の影響で文学の道を志した。しばらくは学問をしつつ暮らしたが、実家からの支援が絶たれ、地方で教職に。しかしキリスト教に傾倒していたことで周囲に疎まれ退職、新聞記者となる。日露戦争では、従軍記者として戦地に赴いた。

帰国後には信子という女性と出会って熱烈な恋に落ちる。彼女の両親からは反対され、彼女は両親から勘当されるも、そのまま結婚。しかし一年ほどで彼女は独歩との生活の経済的な苦しさや、彼の男尊女卑の性質に苦しんだからか、彼の下を去る。その後、独歩は文学に励む傍ら、新聞記者や編集者として働き、いまも残る『婦人画報』をはじめ、いくつもの雑誌を創刊した。しかし会社の倒産という憂き目に遭い、自らの名前を冠した「独歩社」を立ち上げ、雑誌を引き継いだが、その会社も破産してしまっている。

不幸は重なるもので、独歩社の破産と同年彼は結核を発症。病状は悪化を続け、翌年には帰らぬ人となっている。小説家としては破産の同年ごろから文壇で評価され始めていたのだが、自らの文学の完成をみる前に亡くなってしまった。

独歩は現在、自然主義の先駆けともいわれて高い評価を受けており、その自然主義を打ち立てた田山花袋と熱い友情で結ばれていたことでも知られている。彼らが初めて会ったのは、一八九六（明治二十九）年十一月のことだ。当時の独歩は信子と別れて間もなかった。彼らが出会ったのは、当時独歩が暮らしていた渋谷区宇田川町にある住居だった。花袋は、友人である太田玉茗[*1]とともに宮崎湖処子[*2]を訪ねたのだが、たまたま留守だったため、近いからということで独歩の家まで出向いている。

今でこそ付近には大きな建物も建ち並んでいる地域だが、その当時近辺は何もない田舎町だった。独歩はこの家の周辺を含めた「武蔵野」の地を深く愛し、作品にも描いている。そのため、現在も武蔵野市内には三鷹駅北口前と玉川上水、桜橋付近（住所：東京都武蔵野市関前五‐一）の二カ所に「国木田独歩の碑」が残されている。距離も近く、この二カ所を玉川上水に沿って散歩がてらにみて回ることも可能だ。また、当時の名残はほとんどなくなっているが、彼が暮らした「丘の上の家」の跡地にも記念碑が残されている（NHK放送センター近く）。

『好いでせう。丘の上の家――實際吾々詩を好む青年には持つてこいでせう。山路君が探して呉れたんですが、かうして一人で住んでゐるのは、理想的ですよ。来る友達は皆な褒めますよ。』

『好い處だ……。』

『武蔵野つて言ふ気がするでせう。月の明るい夜など何とも言はれませんよ。』
國木田君の清い、哀愁を湛へた眉と、流暢な純な言葉とは、私の心をすぐ捉へた。『あゝいふフレッシな文章が書けるのも尤だ。』から少し話してゐる間に、私は思つた。

田山花袋「東京の三十年」

彼らはここで初めて会ったのだが、湖処子や玉茗といった共通の友人を通じてお互いに相手が書いたものにふれ、互いのことを知っていた。そのこともあってか、すぐに心を通わせる。以来、度々花袋は独歩の元を訪れ、文学や恋愛、人生などさまざまなことを語り合った。

ふたりの友情はとても深いものだった。それを表すエピ

＊1　一八七一－一九二七年、武蔵国埼玉郡（現・埼玉県行田市）生まれ。詩人、小説家。国木田とともに『抒情詩』を刊行する。花袋の義兄にあたる。

＊2　一八六四－一九二二年、現・福岡県朝倉市生まれ。宗教家、小説家。代表作に「帰省」や詩集『湖処子詩集』がある。

三鷹駅北口前「国木田独歩の碑」
駅からすぐの位置に詩碑はある。三鷹駅から近い禅林寺には、太宰治や森鷗外の墓もある。

東京都三鷹市下連雀3丁目46

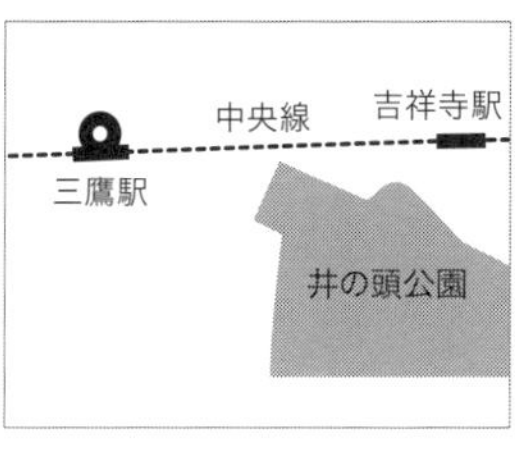

ソードとして、出会って一年足らずのうちに彼らが出かけた旅行の話がある。当時、彼らは作品を文学誌などに発表もしており原稿料を稼いではいただろうが、まだまだ新人であり、日々の糧を得るのに必死な状況だった。そんななか、彼らは連れだって日光まで出かけている。

彼らが泊まったのは、日光の照尊院という寺（住所：栃木県日光市山内二二九六）。花袋に伝手《つて》があり、安く泊まることができたという。出かけたのは四月のことで、独歩のもとから信子が立ち去って一年がたったころだ。その辛い記憶を忘れて文学と向き合うためにと花袋が誘って日光へと向かったのだ。この旅行でふたりはいろいろなことを語り合い、文学に励んだという。当地での経験は彼らにとってとても実り深いもので、それぞれこの期間だけで自らの作品を完成させている。

此の日光時代に獨歩君の処女作「源叔父」が出來た。此は『文藝倶楽部』に賣った。其から「國民の友」には、ドーデーの翻譯を載せ、自分は「春の日光山」を書いた。二人の取つた原稿料合せて三十五圓。處で日光に二月居た費用は僅かに十八圓。「此ではお互いに出稼に往つたやうなものだね。殘ったぢやないか」と云つて後で二人で大笑ひをした。

田山花袋「日光時代」

これ以降独歩は精力的に文学活動にのめり込んでいく。信子との別れも花袋との出会いも、彼の文学の完成には欠かせないものだったといえるだろう。

漱石も認めた才能と報われぬまま迎えた最期

独歩はこうして再び文学活動に熱を入れ始めたのだが、最初に書いたとおり、すぐには文壇からの評価を得られなかった。そのため、再び新聞記者や雑誌編集者として活動している。彼が実際に文学者として注目され始めるのは、一九〇五（明治三十八）年ごろのことだ。それまで、仕事の傍らに書きためていたものを『独歩集』として発売している。当時の主流だった紅葉や露伴の文学とは方向性が異なっていたため文壇の中心に立つというわけにはいかなかったが、それでも彼の作品は新たな文学のかたちとして評価された。

さらに翌年には二冊目の作品集『運命』を発表。その翌年には花袋が「蒲団」を発表し、自然主義の時代が始まった。それと共に独歩の作品も改めて取りあげられ、自然主義の先駆けとして読まれ始めたのだ。

しかし皮肉なことに、一九〇七（明治四十）年に独歩は結核に倒れる。まさに世に見出され、いよいよ専業作家として文学の世界に邁進できる状況が整ったそのときにはもう病魔に冒されていたのだ。そしてそのまま一九〇八（明治四十一）年に亡くなってる。

独歩の葬儀の席では花袋が弔辞を読んだ。その言葉は、実に的確に独歩の人生を表している。

君が明治文壇に於ける功績に就ては、われまた何をか言はん。君が才は世既にこれを認め、君が作は人既にこれを重んず。唯憾むらくは、新に興れる文芸は猶君の力に持つところ多く、君の志もまた未だ其半を酬ひざるに蒼天忽ち其魂魄を奪ひ去る。われ等志を同じうするもの、誰か流涕号泣せざるを得ん。君の一生は窮の一字よくこれを尽せり。されど君の訃一たび世に伝へらるゝや、知ると知らざると、皆哀悼の意を表し、山村僻地にして猶君の遺書を抱きて泣くものあるに至る。窮すと雖も、かくの如くなるを得ばまた栄ならずや。あゝ公にしては君のごとき天才を失ひ、私にしては君の如き親友を失ふ。言短く意尽きず。

花袋は友人として、文学者として独歩を偲び、ずっと評価されず、困窮に苦しんできたその生を「窮」の一字で表したのだ。しかし皮肉にも晩年になって高い評価を受けるに至り、神奈川県茅ヶ崎市にある「東洋一」のサナトリウム、南湖院に入っているときには新聞の取材が絶えず、その病状を伝えていた。また、独歩の死後には、漱石も生徒からすすめられて『運命』という短編集を読み、「独歩氏の作に低徊趣味あり」で「巡査」を海外作品と比較しながら「面白い」と褒めている。さらに奮起して文学に励むことができたら、彼の評価も高まり、さらに自然主義文学にも大きく寄与したことだろう。彼の生と死が文学史に与えた影響は計り知れないものであり、ずっとそばで見続けた親友・花袋が、誰よりもそのことを知っていた。

第二章

夏目漱石とその遺伝子

夏の夜、京都の街路をそぞろ歩く制服姿の夏目漱石と正岡子規
（於：柊家付近　京都市中京区麩屋町姉小路上ル中白山町277）

人物相関図

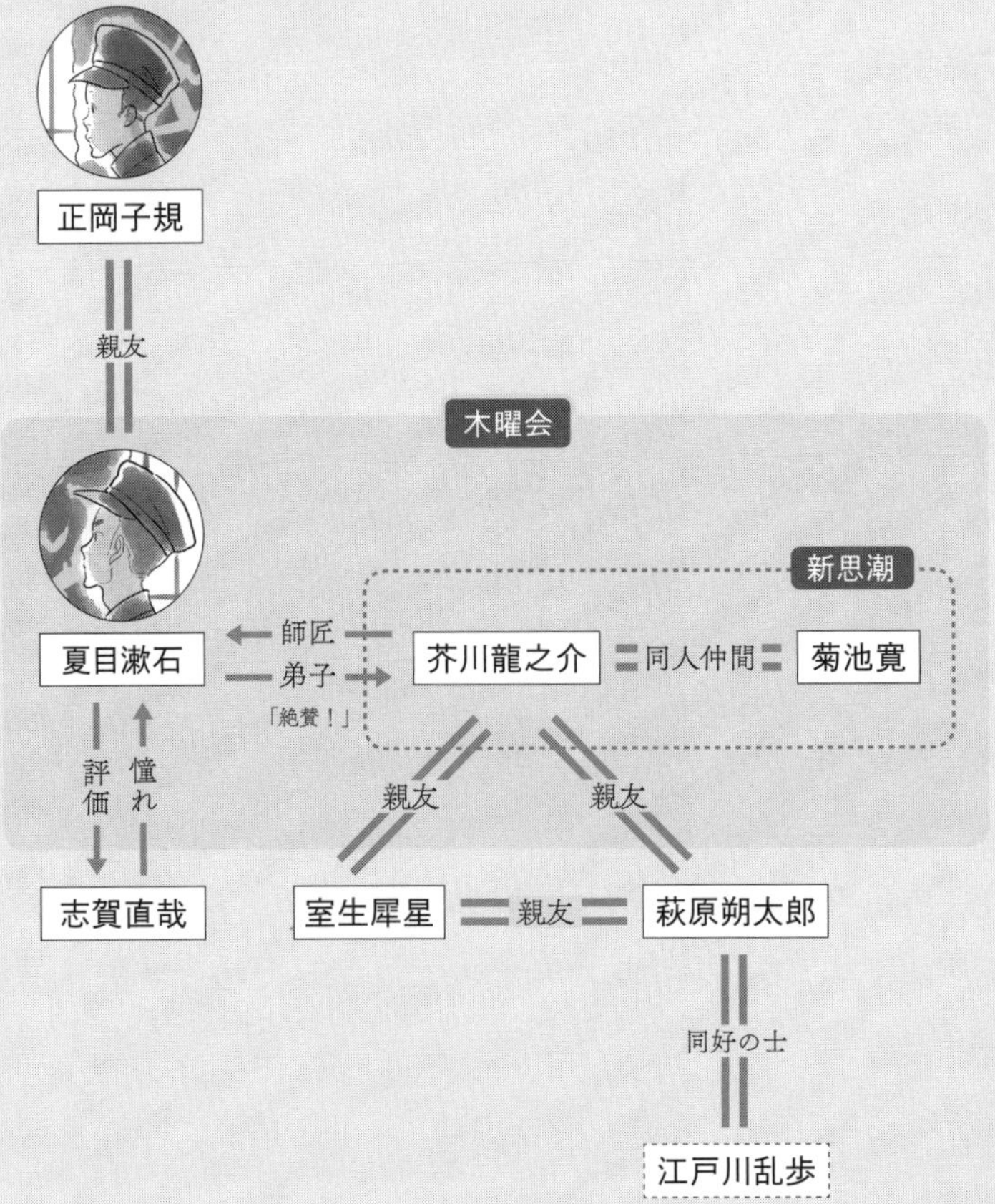
正岡子規
親友
木曜会
夏目漱石
新思潮
師匠
弟子
「絶賛！」
芥川龍之介
同人仲間
菊池寛
評価
憧れ
親友
親友
志賀直哉
室生犀星
親友
萩原朔太郎
同好の士
江戸川乱歩

夏目漱石　熊本、東京、京都に残された足跡

熊本の温泉地への旅が生んだ傑作

山路を登りながら、こう考えた。
智に働けば角が立つ。情に棹させば流される。意地を通せば窮屈だ。とかくに人の世は住みにくい。
住みにくさが高じると、安い所へ引き越したくなる。どこへ越しても住みにくいと悟った時、詩が生れて、画が出来る。

夏目漱石「草枕」

主人公であるひとりの画家が、山路を歩き風物を眺めながら、世間のことについてあれこれと思いを巡らしていく。名文と名高い書き出しだが、じつはこのシーン、夏目漱石の実体験が元になっているという。作品の主な舞台は熊本県のとある温泉旅館なのだが、漱石は作家となる以前に熊本県に住んでいたことがあり、主人公と同じようなルートで旅をしていたのだ。

彼が訪れたのは熊本市の西に位置する小天《おあま》温泉という温泉地。明治の政治家、前田案山子という人物が、引退後に別邸を利用して営んでいた温泉宿に宿泊していた。作中ではこれを「那

古井温泉」という温泉地の「那古井の宿」として登場させている。彼が泊まった前田家別邸は現在も残されており、漱石が宿泊したという離れの部屋や、現存する浴場などが一般に公開されている。彼がこの旅行に出たのは、一八九七（明治三十）年の年末から、翌年の正月ごろまでのこと。旅行先の温泉宿で年を越している。

この年は、漱石たち夫婦が熊本県に越してきてから二回目の正月だった。熊本での漱石は生徒たちから慕われており、新婚で引っ越してきたばかりの彼の家には、正月早々数多くの生徒たちが訪ねてきた。漱石夫婦は、彼らを手厚くもてなしたのだが、彼らはみんな食べ盛りの青年たち。食事を出せば片端から平らげ、気づけば夫婦が食べる分までほとんどなくなっていたという。これを受けて漱石は怒り心頭。新婚にも関わらず、正月早々盛大な夫婦げんかをしてしまった。これに懲りた漱石が翌年の正月にとった対策が、同僚と共に家を離れてしまうこと。そんな経緯があって、彼は山を越えて小天温泉まで訪ねていったというのだ。生徒とのやり取りや

熊本県玉名市　前田家別邸

漱石は熊本での二度目の年末から年始にかけてここで過ごした。この前田家別邸は草枕交流館が管理をしており、本館と共に公開されている。

熊本県玉名市天水町小天735-1

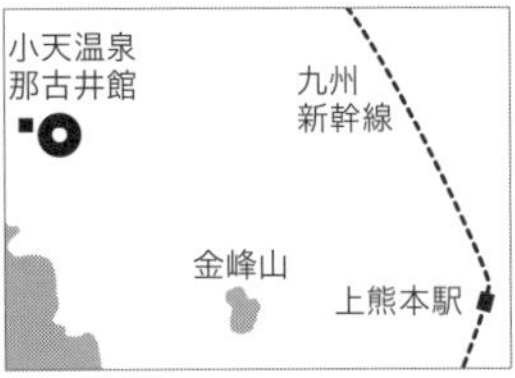

前田家別邸の浴場棟

夫婦げんかがなければ、この傑作も生まれなかったのかもしれない。

あまり知られていないが、熊本県には小天温泉のような漱石ゆかりの地や漱石の記念館などがいくつか残っている。彼と縁がある土地というと「坊ちゃん」の舞台、愛媛県松山市がよく知られているが、熊本県は漱石が松山市以上に好んでいたとされる土地だ。

なかでも気に入っていたのが、熊本県熊本市内坪井町にあった家。彼は生涯で三十回も引っ越しをした「引っ越し魔」としても知られており、熊本に暮らした四年の間でも合計六回は家をかえているが、この家には一番長く住んでいた。長女が生まれたのもここに住んでいたときのことで、教え子だった寺田寅彦[*1]も訪ねてきていたという。この建物はいまも夏目漱石内坪井旧居という記念館（住所：熊本県熊本市中央区内坪井町四-二二）として残されており、直筆原稿のレプリカ、当時の写真などが展示されている。

「木曜会」での後輩たちとの交流

いまや日本近現代文学に燦然と輝く大文豪として知られる夏目漱石。日本文学史を紐解くと、その存在が特殊な位置を占めていたことがわかる。彼が生まれたのは、大政奉還や王政復古の大号令が行なわれ、江戸という時代が終わろうとしていた一八六七年のことだ。同じ学年には幸田露伴や尾崎紅葉もいる。

＊1　一八七八-一九三五年、高知県出身。物理学者、随筆家、俳人。熊本の高校で漱石に英語を習う。

露伴と紅葉のふたりが二十代にして作家として身を立て、三十歳になる前に「紅露時代」と呼ばれる一時代を築いたのに対し、漱石は大学卒業後松山市で教職を得て、その後三十三歳まで熊本県に赴任。一九〇〇（明治三十三）年の九月からはイギリスに留学し、三十六歳で帰国して第一高等学校の講師になった。もちろん、当時公金で海外留学をしていたことから、優秀な人物だったことは間違いないが、当時は「文豪・夏目漱石」ではなく「学者・夏目金之助」だったのだ。

彼が「漱石」になる前、明治三十年代前半までの文壇は、坪内逍遙が理論の基礎を築き二葉亭四迷が打ち立てた「小説」からスタートし、紅葉に代表される写実主義と露伴の理想主義、森鴎外の浪漫主義などがその中心に立っていた。しかし漱石は彼らから大きく遅れ、一九〇五（明治三十八）年になってようやく初めての小説「吾輩は猫である」を発表、三十八歳でデビューしている。しかし当時の彼は深く文壇に関わらなかった。紅露時代も自然主義も主要な作品は読んでいたはずだがそことは距離をとっており、その姿勢もあって「余裕派」と呼ばれたのだ。

ただし、彼は文学者との関わりを絶っていたわけではない。党派を組んで雑誌や出版社を立ち上げるような文学活動はしなかったが、後輩たちとの間には強いつながりがあった。その象徴ともいえるものが「木曜会」だ。東京に住み小説家として身を立ててから、漱石の家には大学の教え子を含め、小宮豊隆*2や鈴木三重吉*3、森田草平*4といった人々が出入りしていた。しかし来客が増えすぎたこともあり、一九〇六（明治三十九）年からは木曜日の午後三時にこれを限定。時間を決めて、だれでも自由に出入りできるサロンのように自室を開放したのだ。

この木曜会には彼を慕う数多くの文学者たちが集まっており、一九一五（大正四）年には芥川龍之介や久米正雄、菊池寛[*5]らも参加している。ここでの漱石は決して指導するような態度はとらず、議論することを好んだという。芥川は、このときの漱石について、「漱石先生の話」のなかで以下のように書いている。

小宮先生に「あんなに先生に議論を吹っかけて良いものでしょうか」ときくと、小宮さんが言うには「先生は僕達の喰ってかかるのを一手に引受け、はじめは軽くあしらっておき、最後に猪が兎を蹴散らすように、僕達をやっつけるのが得意なんだよ。あれは享楽しているんだから、君達もどんどんやり給え」……というので、それから私達もちょいちょい先生に喰ってかかるやうになりました。

芥川龍之介「漱石先生の話」

＊2　一八八四-一九六六年、福岡県生まれ。独文学者、文芸評論家。大学時代に夏目漱石の門人となり、後に漱石の伝記も著す。
＊3　一八八二-一九三六年、広島県生まれ。小説家、児童文学者。童話と童謡の児童雑誌『赤い鳥』を創刊した。
＊4　一八八一-一九四九年、岐阜県生まれ。作家、翻訳家。一九〇五年、漱石の門人に。平塚らいてうとの心中未遂事件が有名。
＊5　一八九一-一九五二年、長野県生まれ。小説家、劇作家、俳人。一九一五年に漱石の門人になり、長女の筆子に恋をする。

漱石は、残念ながら芥川たちと知り合った翌年、一九一六（大正五）年末に亡くなっている。明治の始まりと共に生まれ、大正の始めに世を去った文豪の精神は、大正時代を代表する文豪、芥川龍之介へと、木曜会での交流を通じて受け継がれることになったのだ。

漱石と子規　ふたりの文豪がみた京都の面影

文豪として偉大な功績を残した漱石。その出発点を語るうえで、明治の俳人であり国語学研究家でもある正岡子規の影響は無視できない。子規は愛媛県松山市の生まれで、一八八九（明治二十二）年一月、漱石とは東大の予備門の同窓生として出会った。彼らは共に漢文詩集などを作っており、初めて「漱石」というペンネームが登場したのもこの詩集。もともとは子規が自分のペンネームとしてあたためていたものをもらい受けたという。

子規は一八九二（明治二十五）年には漱石と共に進学した帝国大学を退学するのだが、その後もふたりの交流は続いている。漱石に俳句の添削を頼まれ助言するなど、彼の創作に多大な影響を与えた。漱石がそんな親友・子規への思いを綴った文章のひとつに、「京に着ける夕」という随筆がある。これは一九〇八（明治四十一）年、当時京都帝国大学文化大学の学長でもあった狩野亨吉に誘われて京都を訪れたときの紀行文だ。

ただささえ京は淋しい所である。原に真葛《まくず》、川に加茂、山に比叡と愛宕と鞍馬、ことごとく昔のままの原と川と山である。昔のままの原と川と山の間にある、一条、二条、三条をつくして、九条に至っても十条に至っても、皆昔のままである。数えて百条に至り、生きて千年に至るとも京は依然として淋しかろう。この淋しい京を、春寒《はるさむ》の宵に、とく走る汽車から会釈なく振り落された余は、淋しいながら、寒いながら通らねばならぬ。

夏目漱石「京に着ける夕」

彼が京都の停車場へと到着したのは三月二十八日午後八時のこと、春先にも関わらず猛烈な寒さを感じた。事実「京の底冷え」という言葉があるほど、京都は寒い街として知られており、漱石のこの描写は、京都の夜を的確に表現したものだとみることもできる。しかし漱石がこのように「寒い」「淋しい」と京都を描いたのは、単に寒さからきたものだけとは思えない。

というのも、この随筆では一九〇八年に眺めた京都の景色と交互するように、その十六年前、大学生だったころに歩いた京の街の思い出が繰り返し描かれているからだ。当時、彼は京都と堺市、岡山市、松山市などを周遊している。そのとき彼の傍らには親友・子規の姿があった。

始めて京都に来たのは十五六年の昔である。その時は正岡子規といっしょであった。麩屋町の柊屋とか云う家へ着いて、子規と共に京都の夜を見物に出たとき、始めて余の目に映ったのは、この赤いぜんざいの大提灯である。(中略)子規と来たときはかように寒くはなかった。子規はセル、余はフランネルの制服を着て得意に人通りの多い所を歩行《ある》いた事を記憶している。

夏目漱石「京に着ける夕」

「京に着ける夕」では、子規との旅行の回想以外で「寒い」「淋しい」といった言葉を繰り返して京の町を描写している。漱石のなかでは、京都という町が自分を残してこの世を去った子規のイメージと結びつけられていたのだろう、悲しく淋しい街に映っている。そして彼はそうした思いを、親友の死から八年がたった後に紀行文のかたちを借りて描き出したのだ。

これだけの親友ではあったが、漱石は子規の死に目には会えていない。子規が亡くなった一九〇二年、漱石はロンドン留学の最中であり、高浜虚子[*6]からの手紙でその死を知らされていた。消えるように世を去った子規の面影は漱石の胸のなかに息づいており、それが京都の旅でよみがえったのだろう。

*6　一八七四-一九五九年、愛媛県生まれ。俳人、小説家。俳誌『ホトトギス』を編集し、漱石の中編「野分」などを掲載した。

柊家

子規と旅行で行った京都の老舗旅館。友の死を偲び、「京に着ける夕」の回想シーンで登場する。

京都府京都市中京区麩屋町姉小路上ル中白山町277

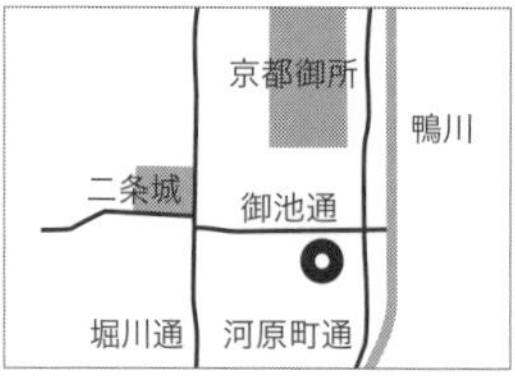

正岡子規　松山と東京をつないだ創作へのエネルギー

夏目漱石との奇縁

日本近代俳句の生みの親であり、俳句以外にも、随筆や小説、短歌、さらには美学全般においても広い知見を持ち、さまざまな作品、理論を発表していた正岡子規。彼の文人としての出発点は「俳人」ではなかった。彼は新しいもの好きで好奇心旺盛、行動力にあふれた人物で、文学に興味を持つと同時に、まず当時の新ジャンルだった「小説」に反応したのだ。そしてやはり時流に呼応するように、流行しているさまざまな文体を使って執筆を試みている。しかしそんな子規の姿勢に、大学時代からの親友、夏目漱石は批判的な目線を投げかけていた。

御前兼て御趣向の小説は已に筆を下し給ひしや今度は如何なる文体を用ひ給ふ御意見なりや委細は拝見の上逐一批評を試むる積りに候へども兎角大兄の文はなよくとして婦人流の習気を脱せず近頃は篁村流に変化せられ旧来の面目を一変せられたる様なりといへども未だ真率の元気に乏しく従ふて人をして案を拍て快と呼ばしむる箇処少きやと存候

夏目金之助　正岡子規宛書簡（一八八九年十二月三十一日）

漱石は、文体を変える子規に次はどうするつもりだと皮肉をいい、それまでの文章を「なよなよとした婦人流」と批判する。さらに、最近は「篁村流」でよくなったが、それでもまだ読者を喜ばせるほどではないとまで言い切っている。さらにこれに続けて、漱石は子規の小説が喜ばれない理由を、子規の小説に「思想」がないからだと指摘する。

なお、一見毒づいていて厳しく思える漱石の手紙だが、彼らにとってこれは日常茶飯事だった。もともと落語好きが縁で知り合ったふたり。悪態を笑いに変えるのには慣れていたのだ。

子規の小説にかける熱意は強く、漱石の皮肉にもひるまない。それどころか、彼は当時人気作家だった幸田露伴の下に原稿を持って訪ねたこともあったという。こうした大胆な行動力、度胸にあふれた気骨は彼の生来の強さだったようだ。彼が中学生のころ、世間では自由民権運動が隆盛を誇っており、時代の変化を誰もが肌で感じ、多くの人が街頭に立って政治演説を行なっていた。彼の故郷、愛媛県松山市でもその熱は強く、そうした演説は各所でみられたという。

そんななか、流行に敏感で、血気盛んな十代だった子規は、自らも何度か演説の場に挑んでいる。そのひとつが、彼が通っていた愛媛県松山市持田町二丁目にある松山中学での弁論大会だ。たかが中学生の演説と思えるが、時節柄もありこの会場には官憲が出入りし、反政府的な発言がないか目を光らせていたという。そこで子規はまず、黒板に大きく「黒塊」と書き、「コックワイと読んで頂きたいのです」と語り始めた。字を変えているが、これはいうまでもなく「国会」のこと。聴衆の誰もが国会開設を求める政談だとわかった。彼は何度か監督役から注意を受けつつ話を続けたが、結局最後は中断され、職員室へと連れ去られたという。

　その後、子規は中学を退学して上京したのだが、ひとつの奇縁ともいうべきもので、子規が通った松山中学には、彼が退学してから十二年後、漱石が教員として勤めている。名作「坊っちゃん」の舞台になった学校だ。現在は取り壊されてしまったが、その跡地には「漱石ゆかりの松山中学校跡」という碑文が残されている。

鷗外との濃密な一週間

　子規は大学中退後、新聞『日本』を発刊していた日本新聞社で働く。そこで彼が担当したのは「俳句時事評」という連載記事。当時の大ニュースを、簡潔な俳句にまとめて紹介するというものだ。俳句でありながら、当時のニュースを追いかけている読者であれば一読するだけでその内容がわかるようになっている。俳人としての子規の技巧を高めるために、短文で的確に情報を伝えるこの仕事は一役買っていた。

　さらに、子規はジャーナリストとして驚くような挑戦をしている。一八九五（明治二十八）年、周囲の人々や医師が止めるのも聞かず、病身を押して従軍記者として日清戦争の戦地へと旅立ったのだ。とはいえ、彼は実際の戦闘は経験していない。なんと彼が軍の部隊に参加する許可を得た直後、日本を発つ前に休戦協定が結ばれてしまったのだ。彼は着任予定だった部隊とともに日本を発ち中国の金州へとたどり着いたのだが、当然すでに戦闘は行なわれておらず、彼の仕事はそこで聞いた過去の戦況をまとめるくらい。間もなく講和条約が結ばれ、日本へと戻ることになった。そして、帰国の途上で彼は再び結核の発作に見舞われて喀血した。従軍しながら戦闘もせず、病に倒れて帰国するという結果は、子規にとってこの上なく悔しいものだっただろう。

しかし彼は従軍中、得がたい出会いも経験している。子規がいた部隊に、森鷗外が軍医部長として参加していたのだ。子規が金州にたどり着いたのは四月十五日で、帰国すべく中国を発ったのが五月十日、二十五日間を当地で過ごしたのだが、彼は五月四日に鷗外を訪ねており、それから帰国するまでの一週間、毎日鷗外と顔を合わせ、話をしていたという。

金州の兵站軍医部長は森なりと聞き訪問せしに兵站部長
には非ず軍医部長なりこれより毎日訪問せり
（中略）
鷗外を訪い几董の歌仙一巻の手写本を贈り別れる

正岡子規「病床日誌」

漱石ゆかりの松山中学校跡

松山中学の跡地には漱石のゆかりの地として石碑があるが、かつてここに子規は学生として通った。現在はNTT西日本愛媛支店になっている。

愛媛県松山市一番町4丁目3

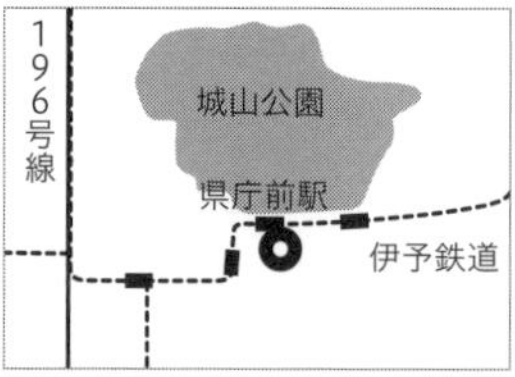

このとき、彼らは俳句や文学、歌について語り続けていた。鷗外は当時、すでに小説家として知られていただけでなく美学についても詳しく、雑誌などで持論を展開していた。子規もそれを知って喜び勇んで鷗外の元を訪ねたのだろう。なお、鷗外も子規との談話から多くを学び、その出会いを楽しんでいた。鷗外から話を聞いたという柳田国男[*1]は次のように述べている。

今度の戦争へ行って、非常に仕合せなのは正岡君と懇意になったことだ、と言ってゐました。

（中略）恐らく、あの時分の日記とか手紙をみたら、正岡氏を褒めて居られる物が沢山残ってゐるだらうと思ふんです。野営の中で頻りに文学を論じたらしいね…鷗外のあの時代までの修養の中で、一番欠けてをったのは発句（俳句）でせうね。それを正岡氏がきっと教えてくれたんでしょう。

座談会「俳諧と日本文学」（『俳句研究』第七巻第十二号）

このふたりの交流はその後も続いた。戦地から帰国し、結核の療養もした子規は「子規庵」と名付けた自宅に戻り、一八九六（明治二十九）年一月十三日、再び句会を開催。その席には鷗外も招待されていた。また、当時すでに松山で教員として勤めていた漱石も参加している。

*1　一八七五－一九六二年、現・兵庫県神崎郡福崎町辻川生まれ。日本民俗学の確立と研究の普及に努めた。

ほかにも、高浜虚子や河東碧梧桐といった俳人たちも参加者に名を連ねており、驚くべきビッグネームぞろいの句会だったのだ。彼らが集ったこの「子規庵」は関東大震災や戦災などで失われてしまったが、子規の遺品を残した蔵や写真が残っており、そこから弟子たちの努力によって復元。現在は子規の遺品が展示、公開されている（住所：東京都台東区根岸二丁目五－十一）。

子規の最期「モーダメニナツテシマツタ」

小説、俳句、和歌、従軍など、子規はじつに行動的で、さまざまなかたちで自分の可能性を試そうとした。しかしながら、その試みはことごとく結核という病に邪魔されている。

そんな子規を励まし続けたのは、やはり親友・漱石だった。漱石は中国から帰国後、神戸の病院に運ばれて入院していた子規に励ましの手紙を送っており、そのなかで、自ら「少子近頃俳門に入らんと存候御閑暇の節は御高示を仰ぎ度候」と書いている。この呼びかけを受けた子規は、保養院での療養を経て、松山に住む漱石の下宿へと移る。漱石はここを「愚蛇佛庵」と称していたのだが、このときのことについて、漱石は次のように書いている。

僕が松山に居た時分、子規は支那から帰って来て僕のところへ遣って来た。自分のうちへ行くのかと思ったら、自分のうちへも行かず親族のうちへも行かず、此処に居るのだという。僕が承知もしないうちに、当人一人で極めて居る。（中略）其うち松山中の俳句を遣る門下生が集まって来る。僕が学校から帰って見ると、毎日のように多勢来て居る。僕は本を読む事もどうすることも出来ん。尤も当時はあまり本を読む方でも無かったが、兎に角自分の時間というものが無いのだから、止むを得ず俳句を作った。

夏目漱石「正岡子規」

漱石は、突然子規がやって来て、なし崩しに俳句をやることになったと書いているが、実際にそれ以前の手紙があることを考えると、この話には漱石の照れ隠しも入っているのだろう。当時彼らが暮らした「愚蛇佛庵」はすでになく、現在はその跡地に「夏目漱石假寓愚蛇佛庵址」と書かれた石碑が建っている。

こうして育まれたふたりの友情だが、その幕切れはなんとも悲しいものだった。一九〇〇（明治三十三）年八月、漱石は子規庵を訪問して挨拶し、同月中に横浜からロンドンに向けて出発した。そしてその前後から、子規の病状はどんどん悪化している。定期的に行なっていた子規庵での句会も十一月は中止された。そして漱石が発ったおよそ一年後、一九〇一（明治三十四）年十一月に、子規はロンドンの漱石に宛てて手紙を送っている。

僕ハモーダメニナツテシマツタ、毎日訳モナク号泣シテ居ルヤウナ次第ダ（中略）僕ハ迚モ君ニ再会スルコトハ出来ヌト思フ。万一出来タトシテモ其時ハ話モ出来ナクナツテルデアロー。実ハ僕ハ生キテヰルノガ苦シイノダ。

正岡子規　夏目漱石宛書簡（一九〇一年十一月六日）

残念ながら子規の予感は的中し、彼は漱石の帰国を待たず結核によって天に召されることとなった。漱石はその後、ロンドンから戻ると東京大学の教授を経て、「吾輩は猫である」で作家となるのだが、この作品は、子規が創立した俳句雑誌『ホトトギス』に掲載された。当初は読み切りの予定だったが、好評を受けて連載となっている。そして彼は、その中編に収められた「自序」で「墨汁一滴のうちで暗に余を激励した故人に対しては、此作を地下に寄するのが或は格好かも知れぬ」と書いている。

小説を書き始めた漱石の胸中にはつねに子規の面影があったのであり、彼を偲ぶようにこの作品は書かれていた。かつて学生時代から繰り返し続いていた「手紙」のやり取り。漱石はその手紙の続きのように、子規に宛てて「猫」を書いていたのかもしれない。

志賀直哉　日本中を移り住んだ作家が選んだ我孫子の地

「小説の神様」と恩人漱石の関わり

志賀直哉は「小説の神様」と呼ばれた作家だ。明治の末ごろから活動を始めて大正から昭和初期を中心に活躍した。特徴は無駄を削ぎ落とした簡潔な言葉で、華美な装飾はなくとも的確に情景、心理を描写して伝える。その美しさは後進の多くの文士たちにも影響を与えており、彼が書いた小説「小僧の神様」になぞらえて呼び名がつけられたのだ。

あまり知られていないことだが、志賀は漱石とも少なからず関わっている。彼は漱石と同じ東京帝国大学（現在の東京大学）、それも英文科の出身。志賀が学生だったころに漱石は丁度大学で教鞭を執っており、彼もその講義を聴いていた。ただし、真面目な学生とはいいがたく、出席率は決して高くなかったという。大学におけるふたりの直接的なつながりはこのくらいだったが、志賀はひとりの文学青年として、間違いなく漱石の作品を読んでいる。

「坊ちゃん」が出た時、志賀は誰つかまへてもその面白さを吹聴して、愛読者を増やすのに熱心だったが、僕も志賀からホトトギスを貸してもらつてよんでおどろいた。

武者小路実篤「夏目さん」

武者小路実篤は、志賀と同じ東京大学の学生であり、ともに『白樺』という同人雑誌を打ち立てた仲間だ。こうして志賀が広めたことが始まりだったのか、『白樺』同人の間では漱石は尊敬すべき日本人作家の代表ともいうべき存在となっていた。その後、志賀は一九一〇（明治四十三）年に大学を退学。さらに二年後に父との不和で実家を離れ、広島の尾道へと移り住んでいる。しかしそれでも『白樺』での文学活動は続けていた。尾道は彼以外にも多くの文人、歌人たちが訪れており、彼らが残した言葉を刻んだ石碑が建てられた「文学のこみち」がある。風光明媚で景色も素晴らしいので、観光もかねて訪ねてみるといいだろう。

また、この時期に限らず、彼はあちこちに拠点を移している。一九一三（大正二）年四月には尾道から一時帰京したが、散歩中に山手線の電車にはねられて重症を負い、療養のために兵庫県の城崎へ。このときの経験は、一九一七（大正六）年の「城の崎にて」に結実する。彼が城崎で泊まった宿は「三木屋」という宿で、現在創業三百年を数える老舗旅館だ（住所：兵庫県豊岡市城崎町湯島四八七）。「城の崎にて」が書かれた当時の建物は震災で倒壊してしまったが、一九二七（昭和二）年に建物を再建。美しい和風の旅館で、志賀は再建後に何度もここを訪れた。彼のお気に入りだった部屋は、今も「志賀直哉ゆかりの客室」として残されている。

城崎での療養を終えた志賀は半年足らずでそこを引き払い、東京都の大森山王に住む。しかしここに住んだのも半年ほどで、翌年五月には島根県松江市へ移動、四カ月ほどで今度は京都府粟田口へと移った。

そんな風に日本中を移り住んでいる時期に、志賀は漱石とひとりの作家として交流を持ち、実際に顔を合わせて話をする機会を得ている。一九一三（大正二）年、当時まだ大学を退学したばかりの駆け出し作家にすぎなかった志賀に、朝日新聞の小説記者だった漱石が実篤を通じて、作品の執筆を依頼していたのだ。

「心」の方は一日々々進んでいるのに、私の長篇はどうしても思うように捗らない。私は段々不安になって来た。若し断るなら切羽詰らぬ内と考え、到頭、その為め上京して、牛込の夏目さんを訪ね、お断りした。

志賀直哉「『続創作余談』抄」

このとき、まさに漱石の「こころ」が連載されており、その次の作品を志賀に書いてほしいと依頼していた。折角自分を評価して依頼してくれたのにと心苦しく思いながらも直接断りを入れた志賀だが、当時連載はすでに佳境に入っており「切羽詰らぬ内」という志賀の考えは遅いくらいだった。そのため、漱石はその場で志賀に考え直すようにと説得し「若しその小説が書けないなら、書けない気持ちを小説に書けないものか」と訴えている。それを受けてその場では考えてみると返事した志賀だが、結局書けず、そのまま断りの手紙を送った。

志賀はこのことから、次に作品を発表するときぜひとも朝日新聞にと考えていたが、残念ながらそれから四年ほど創作に悩み新作は完成せず。その間に漱石は逝去し、志賀と朝日新聞との縁も切れてしまう。しかし彼の漱石への感謝は厚く、漱石の死後、久しぶりに発表した「佐々木の場合」という小説では、冒頭に「亡き漱石先生に捧ぐ」という献辞を掲げたのだ。

大山の思い出と文学史上に残る名描写

漱石の依頼で志賀が書き上げようと苦心していたのは、彼の唯一の長編小説「暗夜行路」だ。時任謙作という人物を主人公にした自伝的小説ともいえるもので、父との不和や恋愛・結婚など、人生上の葛藤が描かれている。とくに有名なのは鳥取県の大山に登るシーンだろう。

> 中の海の彼方から海へ突出した連山の頂が色づくと、美保の関の白い燈台も陽を受け、はっきりと浮かび出した。（中略）謙作は不図、今見ている景色に、自分のいるこの大山がはっきりと影を映している事に気がついた。影の輪郭が中の海から陸へ上がって来ると、米子の町が急に明るく見えだしたので初めて気付いたが、それは停止することなく、恰度地引網のように手繰られて来た。（中略）それから謙作は或る感動を受けた。
>
> 志賀直哉「暗夜行路」

この部分は志賀が実際にみた大山からの景色を元に描かれたという。大山の登山道には、かって志賀が泊まった蓮浄院という寺院の跡地を示す看板と「暗夜行路の地」と書かれた石碑が残っている。ただし、彼がこの山に訪れたのは一九一八（大正七）年、まだ松江に住んでいたときのこと。引用した部分は「暗夜行路」の結末付近であり、同作の完結は一九三七（昭和十二）年の『改造』誌上だった。つまり彼は、自分がみた景色をじつに二十年のときを超えて小説に描き、これだけ見事な描写として結実させてみせたのだ。

志賀は、京都に移ってからも、東京や我孫子、奈良といった土地を行き来し、戦後には熱海に移住。最晩年には再び東京へと戻った。なかでも我孫子は彼の人生を語るうえで、欠かすことのできない土地だ。尊敬していた漱石の死を知ったのもこの地だった。

ところが其間に夏目さんは亡くなられた。新聞社からの直接交渉は一度もなかったので、夏目さんが亡くなられた事で、私の此気持は自然解放された。

志賀直哉「『続創作余談』抄」

漱石の訃報にふれたことで悲しみに襲われた志賀だったが、それは同時に、それまで朝日に作品を発表しなければと縛られた気持ちから解放されたということでもあった。また、一九一七（大正六）年には、ずっと関係が破綻していた父との和解も果たす。こうした幾つもの事情が重なって、彼の創作意欲は高まり、「赤西蠣太」や「和解」「或る朝」などといった名作たちを書き上げていった。

付近に住んでいた友人たちも、彼の創作を助けていたのだろう。そもそも志賀がここに移ったのは『白樺』同人に誘われたからだ。さらに彼が住み始めた翌年には、武者小路実篤や、度々訪日していて『白樺』派とも関係の深かった画家、バーナード・リーチも移り住んでおり、深く交遊していた。

彼が暮らした家は我孫子市の指定文化財にもなっており、今も自然に溢れた周囲の環境とともに、そのままの姿で残されている（住所：千葉県我孫子市緑二-七）。ここに住んでいた時期の志賀はとくに旺盛に作品を執筆している。「城の崎にて」「和解」「小僧の神様」そして「暗夜行路」。彼の代表作である数々の名作が、この小さな家から生まれていったのだ。

芥川とのわずかな交流と深い共感

志賀が「暗夜行路」で描いた大山を訪れたとき、彼は島根県の松江市に暮らしていた。この家にも、彼の旧居跡ということで記念の看板が残されている（松江城近く）。また、志

志賀直哉旧居
旧志賀直哉邸は、昭和初期に志賀直哉自身が設計したもの。通称「高畑サロン」。現在は奈良学園が管理し、セミナーハウスとして用いられている。
奈良県奈良市高畑町1237-2

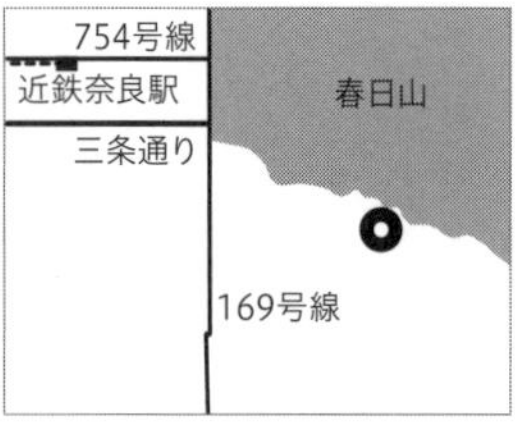

賀自身も私小説のようなかたちでその家に暮らしていた頃のことを書いており、住居跡に置かれた看板にもその文章が記されている。

ひと夏、山陰松江に暮らしたことがある。町はずれの壕に臨んだささやかな家で、独り住まいには申し分なかった。庭から石段で直ぐ壕になっている。

志賀直哉「壕端の住まい」

ちなみにこの看板は志賀の旧居跡を解説しているのだが、志賀の文章と隣り合って、芥川龍之介の残した文も載せられている。といっても、彼らは同居していたわけではない。なんとまったくの偶然で、別々の時期にこの地で暮らしていたことがあったのだ。ふたりはともに大正時代に活躍した作家ではあったが、それほど深い交友があったわけではない。しかし一度、一緒に移動している際に松江に暮らしていたころの想い出を話したことがあったという。

山本氏の所からの帰途松江の話をした。大正二三年の頃私は松江の内中原という所に小さな家を借り、一ト夏暮らした事がある。所が前年の夏、同じ家に芥川君が暮らした事があるとかで、二人は隣家の若い大工夫婦の噂などをした。

志賀直哉「沓掛にて——芥川君のこと——」

彼らは同じ家に暮らし、それぞれに松江の想い出話で盛り上がってもいたらしい。この芥川との思い出を語った「沓掛にて――芥川君のこと――」は、芥川の死後、彼の追悼文として書いたものだ。志賀はこの文章の最後に、このようなことを書いている。

私は芥川君の死を七月二十五日の朝、信州篠の井から沓掛へ来る途中で知った。(中略)芥川君の場合では何故か「仕方ない事だった」と云うような気持がした。私にそう思うような材料があったわけではないが、不思議にそう云う気持が一番先きに来た。

(中略)

それから私は自分がこういう静かな所にいるせいか、芥川君の死は芥川君の最後の主張だったというような感じを受けている。

志賀直哉「沓掛にて――芥川君のこと――」

志賀が覚えている限り、彼らが顔を合わせた回数は知り合ってからの七年間で七回ほど。手紙などのやり取りも数回ほどで、友人といえるほどの関係ではなかったという。しかし志賀がこの若き文豪の死に際して抱いたのは、「仕方ない」という思いだった。彼は芥川が「もっと伸びる人だと思っていた」と感じながらも、その死には理解を示している。同じ時代を生き、駆け抜けたふたりの文豪の間には、心の底の深い部分で共鳴するものがあったのだろう。

芥川龍之介　日曜日は「我鬼窟」の日

永遠の師・夏目漱石との一年の交流

芥川が松江を訪れたのは、一九一五（大正四）年のこと。彼は当時まだ大学生で、友人とともにこの旅行に出ている。そしてそのときの印象を「松江印象記」として描き、当時ほかの場所で使っていた筆名ではなく、本名である芥川龍之介として寄稿。地元の新聞である『松陽新報』に掲載された。この旅行から帰京したあと、彼は代表作のひとつにもなる「羅生門」を『帝国文学』誌上に発表したが、この作品に対して文壇からの反応はほとんどなかった。

そして彼はその年のうちに友人の紹介を受け、大学の同窓生である久米正雄とともに漱石の木曜会に出席し、彼にとって文学上の師ともいえる漱石と初対面を果たす。そして翌年、大学を卒業した芥川は久米や菊池寛ら五人の同人で第四次『新思潮』を創刊する。そこに発表した「鼻」を漱石が手紙で激賞したことで、芥川は文壇へと進む力を手にした。

あなたのものは大変面白いと思います。落着があって巫山戯《ふざけ》ていなくって自然そのままの可笑味《おかしみ》がおっとり出ている所に上品な趣があります。それから材料が非常に新らしいのが眼につきます。文章が要領を得て能く整っています。敬服しました。(中略)

ああいうものをこれから二、三十並べて御覧なさい。文壇で類のない作家になれます。

夏目漱石　芥川龍之介宛書簡（一九一六年二月十九日）

この手紙に励まされた芥川は、これ以降いくつもの作品を発表し、新進作家として評価を得ていく。とはいえ、まだ専業作家として生活できるほどではなく、横須賀の海軍機関学校で嘱託教官の職を得ていた。しかし彼がいよいよ作家への道を進み始めたまさにそのとき、師である漱石は逝去してしまう。芥川はこの仕事のために死に目に会うこともできず、その後通夜に参加、葬儀では受付を務めた。そのときの模様を、芥川は「葬儀記」という短編に書いている。

この作品は一九一七(大正六)年三月発行の『新思潮』に掲載された。そしてこの号で第四次『新思潮』は廃刊。芥川にとって文学上最初の師である漱石と、出発の地である第四次『新思潮』が去り、作家として新たな段階へと進んでいくことになる。

その象徴ともいえるのが、同年六月に行なわれた芥川の第一作品集、『羅生門』の出版記念会「羅生門の会」だ。発起人は谷崎潤一郎、佐藤春夫[*1]、江口渙[*2]、久米正雄、松岡譲[*3]で、有島武郎[*4]や和辻哲郎など、文壇の若手が揃う集まりとなっている。この会が催されたのは、日本橋の「メイゾン鴻之巣」。西洋風のカフェレストランの草分けとして知られる店で、北原白秋や志賀直哉など数多くの文人が足を運んだ。当時この店があったのは東京都の日本橋一丁目だが、発祥の地である小網町には「メイゾン鴻之巣創業の地」と書かれた看板が残されている。

谷崎潤一郎との論争と友情

この「羅生門の会」に列席した文人のひとりである谷崎潤一郎。彼は公然と芥川と論争を交わした数少ない文学者だった。この論争とは、「小説の筋論争」と呼ばれるもの。当初、谷崎が雑誌『改造』誌上に連載していた「饒舌録」の昭和二年二月号分で、写実的な作品よりも話の筋が立ったもの、「細工のかかつた入り組んだものを好くようになった」と述べる。これに反論を展開したのが、芥川だ。

僕の筋の面白さと云ふのは、例へば大きな蛇がゐるとか、大きな麒麟がゐるとか、謂はゞ其の面白さ。(中略)谷

＊1　一八九二-一九六四年、和歌山県生まれ。詩人・作家。代表作に詩集「殉情詩集」、小説「田園の憂鬱」などがある。　＊2　一八八七-一九七五年、東京都生まれ。夏目漱石の門下。「かかり船」で注目され作家人生をスタートさせる。芥川との交流もあり、漱石の葬儀の際には一緒に受付を務めた。　＊3　一八九一-一九六九年、新潟県生まれ。小説家。漱石の門下。漱石の長女筆子を巡って親友久米と離反する。代表作に「法城を護る人々」「漱石の思ひ出」などがある。　＊4　一八七八-一九二三年、東京都生まれ。小説家。志賀らとともに同人「白樺」に参加。代表作に「カインの末裔」「或る女」などがある。

メイゾン鴻之巣創業の地

メイゾン鴻之巣は、日本におけるカフェ、レストランの草分け的存在としても知られている。青年文芸・美術家の懇談会、「パンの会」の場としても有名。

東京都中央区日本橋小網町9-9

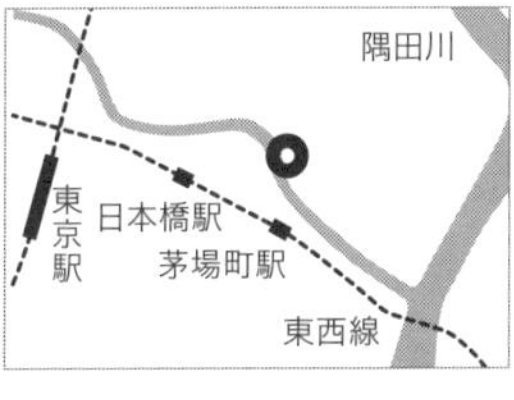

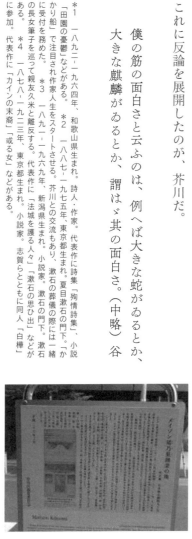

崎潤一郎君の小説によく出て来るアレが、本当の芸術的なものかどうかと云ふことに疑問を持つてゐる。

新潮合評会　第四十三回（一月の創作評）

芥川は同月に行なわれた『新潮』主催の座談会で右のように述べた。谷崎の作品に現れるある種の奇抜さが、芸術的なのかと疑問を呈したのだ。これを受け谷崎は翌月の自身の連載で再び反論。自分の考える「筋」とは奇抜なものではなく、話の組み立ての妙だと語る。

芥川君の説に依ると、私は何か奇抜な筋と云ふことに囚はれ過ぎる、変てこなもの、奇想天外的なもの大向うをアッと云はせるやうなものばかりを書きたがる。（中略）しかし私は不幸にして意見を異にするものである。筋の面白さは、云ひ換へれば物の組み立て方、構造の面白さ、建築的の美しさである。此れに芸術的価値がないとは云へない。

「饒舌録」

その後、芥川は同じ『改造』誌上で「文芸的な、余りに文芸的な」という連載を開始。第一回は「文芸的な、余りに文芸的な――併せて谷崎潤一郎氏に答う――」というタイトルで反論を載せた。すると谷崎がそれに反論し、芥川も応酬……といった具合に同じ雑誌上のそれぞれの連載を舞台に論争が続いたのだ。これだけをみた読者はこのふたりが不仲なのではと思うかもしれない。しかし実際はそんなことはなく、谷崎と芥川は非常に親しい友人同士だったという。

あるとき、谷崎が芥川を迎えたことがあった。彼は行きつけの待合兼旅館のような「千福」という大阪の店に芥川を連れて行っている。ふたりはそこに二晩ほど泊まったあと、芥川は東京に、谷崎は当時住んでいた兵庫県の岡崎に帰ろうとしていた。しかし千福の女将が「会わせたい人がいるから」と彼らを引き留める。芥川は帰京の時間もあるからと早く帰りたがったが、文学好きの若くきれいな女性だということで、谷崎がぜひ会おうと主張。ふたりは帰りの車にまで乗っているが、谷崎が強いて引き留め、結局会うことになった。


「ねえ君、もう一度千福へ引つ返してその婦人に合つてみる氣はないですか。ねえ君、さうしてくれ給へな。僕一人ぢやあどうも工合が悪いから、もう一と晩だけ附き合つてくれ給へな」

と、盛にせがんで已まなかつたことでございます。芥川さんは例の皮肉な薄笑びを浮かべて、

「少し馬鹿々々しいやうな氣がするな」

とか何とか交《ま》ぜつ返してをられました。

谷崎潤一郎「当世鹿もどき」

こうして出会った女性こそ、谷崎の三番目にして最後の妻、松子だった。顔を合わせるまで、彼女はむしろ芥川に興味を抱いていたが芥川は彼女に関心を示さず、一緒にダンスホールへいっても壁に寄りかかっているだけだったという。そして彼女に惹かれた谷崎が熱くアプローチしたことで、松子と谷崎はともに家族のある身だったが、交際・結婚するに至ったのだ。

この出会いは昭和二年三月、芥川が自殺する前年のこと。当時すでに芥川の頭には「ぼんやりとした不安」があったのだろう。彼の憂鬱が谷崎の結婚を導いたと思うと皮肉な縁である。

芥川とともに生まれて消えた田端文士村

芥川の生涯を知るうえで、彼が亡くなるまで住んでいた田端という町の存在は欠かせない。芥川がこの地に移ったのは一九一四（大正三）年のこと。漱石と出会い、文壇に進出する前であり、彼の文学はここから始まっている。そして文壇の寵児となった芥川を慕って、多くの仲間が集まった地でもある。芥川はここで、師である漱石の木曜会に倣うように、毎週日曜を面会の日に決定、自宅を「我鬼窟」と称して開放していた。ときには句会を開き、芥川が学ぶ側になることもあったという。こうしたつながりから、田端は芥川を中心とした「田端文士村」と呼ばれるようになった。そしてここには現在も「田端文士村記念館」が作られており、芥川の自宅の復元や、彼を中心とした文士たちの足跡をみることができる。

ここに集まった人々を彼は深く敬愛していた。それがよくわかるのが、彼が書いた「田端人」

という作品だ。彼はその冒頭に「この度は田端の人々を書かん。こは必ずしも交友ならず。寧ろ僕の師友なりと言ふべし」と書き、同じ文人である室生犀星についても語っている。

室生犀星　これは何度も書いたことあれば、今更言を加へずともよし。只僕を僕とも思はずして、「ほら、芥川龍之介、もう好い加減に猿股をはきかへなさい」とか、「そのステッキはよしなさい」とか、入らざる世話を焼く男は余り外にはあらざらん乎。但し僕をその小言の前に降参するものと思ふべからず。僕には室生の苦手なる議論を吹つかける妙計あり。

芥川龍之介「田端人」

彼らは近隣に住む文人であるというだけでなく、互いにその生活や文学的な議論について勝った負けたと言い合える関係にあったのだ。ふたりが知り合ったのは一九一七(大正六)年のこと。そして数年後、芥川にとってさらに嬉しい人物が

田端文士村記念館

田端には、芥川、室生を中心に朔太郎や菊池寛も住んだ。時期は違うが、画家や彫刻家なども住んでいたこともあり、この記念館は文士・芸術家の功績を残すべく建てられた。

東京都北区田端6丁目1-2

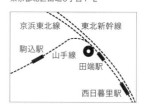

田端を訪れている。それが詩人、萩原朔太郎だ。芥川は朔太郎がやってきたとき、作家の佐藤春夫宛に「この頃田端に萩原朔太郎来たり、田端大いに詩的なり」と書いた手紙まで送っていたという。

私が田端に住んでる時、或る日突然、長髪瘠躯の人が訪ねて来た。「僕は芥川です。始めまして。」さういつて丁寧にお辞儀をされた。自分は前から、室生君と共に氏を訪ねる約束になつてゐたので、この突然の訪問に対し、いささか恐縮して丁寧に礼を返した。

萩原朔太郎「芥川龍之介の死」

これは朔太郎が書いた、芥川と出会ったときの思い出だ。朔太郎が移ってきたのは一九二三（大正十四）年。すでに晩年にさしかかっている時期だが、それでも手紙に書くほど朔太郎の移住を喜んでいた芥川は、はやる思いを抑えられず、転居の報を聞いて直接会いに出向いていた。こうして芥川と朔太郎、犀星の三人の交流が始まったのだ。しかしこのつながりは、わずか三年ほどで芥川の死によって唐突に終わりを迎える。そして「田端文士村」も芥川の死によって瓦解、解散していくことになったのだ。

室生犀星　「田端文士村」から「馬込文士村」へ

関東大震災を受けての帰郷

若くして北原白秋に認められ、「大正詩壇の鬼才」と称された室生犀星。とはいえ、文学で食えるようになったのは「幼年時代」「性に目覚める頃」「或る少女の死まで」といった小説執筆以降のこと。そのきっかけを作ったのが芥川龍之介だ。

犀星ならではの繊細で詩情あふれる小説の数々は文壇でも高く評価されて注目を集めた。この頃、犀星は芥川が暮らしていたいわゆる「田端文士村」で暮らし、互いの家を親しく行き来するようになっていく。

田端の芥川君の家と私の家とは裏通りから坂二つを横に通つて、五六町くらゐしかなかつた。仕事にも草臥れて芥川君を訪ねて元氣な顏を見ようと出掛けると、そんな時分向ふからも少し温かい日でもマントをふうわりと被つた、なりの高い彼は漂々乎として歩いて來るのであつた。今君のところへ行かうとして來たんだといふと、僕も君のところへ行かうと思つて出掛けて來たんだと立ち止つて何やら相談するやうなふうで、結局、距離の近い方に行くことになるのであった。

芥川のすすめで書いた小説がヒットし、出版社から原稿執筆依頼が来るようになった犀星は、共通の友人である詩人の萩原朔太郎も交えて交流を深めていく。当時、犀星は毎年夏の時期を軽井沢で過ごすのを恒例としていたのだが、芥川や朔太郎も度々軽井沢を訪れていた。

小説家として順調なスタートを切った犀星だったが、その直後に大きな転機に見舞われる。長女の朝子が生まれた直後に関東大震災（一九二三年）で被災したのだ。この未曾有の大地震がきっかけとなり、犀星は家族を守るために生まれ故郷の金沢への移住を決める。それから約二年にわたって金沢で暮らす間に、犀星は東京の友人たちを金沢へ呼んで歓待している。もちろん芥川も金沢を訪れた一人だ。

室生犀星「憶《おもう》 芥川龍之介君」

五月に芥川君が来澤し、私は人を介して公園の三由庵の別荘を彼の宿にあてた。(中略)鍔甚、北間屋、西の能登屋といふお茶屋にも行つた。三由庵では老女中にも短冊を書き、三由にも書き、たづねて来た無名の俳人にも書き、仙吉といふ妓、しやつぽといふ妓らにも短冊を書いて與へた。

室生犀星「泥雀の歌」

はるばる金沢まで訪ねてきた芥川のために犀星が用意した宿は、かの有名な兼六園の中にある三芳庵の別荘（現在はない）だった。短い滞在ではあったものの、その宿を拠点に、ふたりは地元の料理や酒、お茶屋遊びなどを楽しんだ。芥川が京都へと去った後、すぐに若葉が年老いて夏になった、と犀星は寂しそうに書き残している。

金沢の田舎で生まれ育った粗野な犀星と、演芸・芸術の気風に満ちた家で育ったスタイリッシュな芥川。そんな対照的なふたりが惹かれ合ったのは、お互いに「自分にないもの」を備えていたからだろう。

犀星は上京と帰郷を繰り返しながら、詩から小説へと作品の幅を広げて少しずつ文学で生活できる地歩を固めていく。当然、芥川に勧められて小説を書くまでの生活は苦しくて貧しかった。東京で人気作家としての確固たる地位を築いていた芥川への憧れは強かったことだろう。

一方の芥川は、人気小説家でありながら俳句を好み、特に芭蕉をこよなく愛していた。そのため、小説よりも詩作の才

©石川県観光連盟

兼六園

兼六園は、日本三名園のひとつ。元は歴代藩主が遊びを楽しんだ「庭」であった。その後、市民に開放され、多くの茶屋が出店した。

石川県金沢市兼六町1

能を欲していたという。友人の朔太郎に対して「自分に詩の才能があるか?」と尋ねたこともある。しかし、朔太郎は無情にも「詩人ではない」と、一刀両断してしまうのだ。
そんな朔太郎だったが、犀星の詩の才能を認め、高く評価していた。そのため芥川は、自らが求めても得られなかった詩の才能を備えた犀星を尊敬していたと考えられる。ふたりがお互いに惹かれあった理由について、共通の友人である朔太郎は次のように記している。

室生犀星君は、最近における故人の最も親しい友であつた。室生君と芥川君との友情は、実に孔子の所謂「君子の交り」に類するもので、互に対手の人格を崇敬し、恭謙と、儀礼と、徳の賞讃とを以て結びついてた。けだし室生君の眼からみれば、礼節身にそなはり教養と学識に富む文明紳士の芥川君は、正に人徳の至上観念を現はす英雄であつたらうし逆に芥川君の眼から見れば、本性粗野にして礼にならはず、直情直行の自然児たる室生君が、驚嘆すべき英雄として映つたのである。即ちこの二人の友情は、所謂「反性格」によつて結ばれた代表的の例である。

萩原朔太郎「芥川龍之介の死」

芥川の死の報せを聞いた犀星は、滞在していた軽井沢から田端へと駆けつけて葬儀などに列席している。しかし、『中央公論』や『改造』といった小説誌から求められた芥川への追悼文の執筆は拒否。犀星がようやく芥川への追悼文を書いたのは、一周忌も近くなってからのことだった。作家から言葉を奪ってしまうほど、犀星にとって芥川の死は衝撃だった。

詩情あふれる作風の原点となった、郷里・金沢の自然

犀星の詩人としての第一歩は、小学校を中退して金沢地方裁判所に就職したことにある。この職場に多くの俳人がいたため、手ほどきを受けて自らも俳句を詠むようになったのだ。犀星という筆名は生まれ育った雨宝院が犀川の西にあったことからとったとされている。犀星は犀川とその上流の山々が織り成す風景をこよなく愛しており、有名な「抒情小曲集」も、この犀川の風景を詠んだものだ。

ふるさとは遠きにありて思ふもの
そして悲しくうたふもの
よしや
うらぶれて異土《いど》の乞食《かたい》となるとても
帰るところにあるまじや

室生犀星「抒情小曲集」

犀星は一九一〇（明治四十三）年に上京して一九一三（大正二）年には北原白秋に師事している。白秋主宰の詩集『朱欒《ざんぼあ》』に寄稿するようになり、同じく白秋に師事していた萩原朔太郎と交流。大正五年になると、朔太郎と同人誌の『感情』を立ち上げて三十二号まで刊行した。

その後は芥川の勧めで書いた小説が認められ、小説家で生活できるようになっていく。しかし、前述のように関東大震災をきっかけに東京を離れて金沢で暮らすことを決意。そこから約二年にわたって、郷里の金沢でのんびりとした生活を送ることになる。懐かしくも美しい「ふるさと」である犀川のほとりでの暮らしについて、犀星は次のように書き残している。

私は毎年何度か来てこの故郷に庭でも作りたいと、土地を物色し出した。小立野の天徳院の領地で貸地面があってそこを借りることにし、さういふ縁をあとにして引き上げることに決心した。やはり東京にゐなければ文學の仕事では、妙にたよりないものがあつた。事實はなんでもないのだが、どこかに氣の抜けた感じのものがあり、どこか自分の書き物に垢じみたものが感じられた。

室生犀星「泥雀の歌」

郷里の金沢での犀星の足跡は、金沢市にある室生犀星記念館（住所：石川県金沢市千日町三－二二）に残されている。こうして田舎暮らしを謳歌していた犀星だが、いつしか東京を離れていることへの焦りを感じるようになっていた。そして、一九二五（大正十四）年には東京へと戻ることを決意。再び芥川が暮らしていた田端周辺に居を構えることになる。

生涯の親友、詩壇の「プリンス」との交流

犀星が生涯にわたって交流を重ね、互いを親友と呼び合ったのが詩人の萩原朔太郎だ。ふたりはともに北原白秋が主宰する詩集『朱欒』に寄稿していた。ふたりの交流が始まったきっかけは、同誌に掲載された犀星の詩「小景異情」に対して朔太郎が熱烈なファンレターを書き送ったことにある。それ以降、ふたりは毎日のように手紙を送り合う仲になっていく。

犀星と朔太郎は、約一年もの長きに渡って文通を続けた。そんな、いわゆる「相思相愛」ともいえるふたりが初めて実際に会ったのが一九一四（大正三）年二月のこと。朔太郎に会うために前橋まで出かけた犀星が感じた印象は、お世辞にもいいものではなかった。

萩原はトルコ帽をかむり、半コートを着用に及び愛煙のタバコを口に啣えていた。第一印象は何て気障な虫唾の走るオトコだろうと私は身ブルイを感じた。

室生犀星「我が愛する詩人の伝記」

犀星は朔太郎に対して「気障」「虫唾が走る」と惨憺たる印象を抱く。一方の朔太郎の印象も

「粗野で荒々しい」など酷いものだったが、双方の印象をよくよく読み比べてみると、犀星のほうが身勝手と言えそうだ。

僕の第一印象は甚だ悪かった。「青き魚を釣る人」などで想像した僕のイメージの室生君は、非常に繊細な神経をもった青白い魚のような美少年の姿であった。然るに現実の室生君は、ガッチリした肩を四角に怒らし、太い桜のステッキを振り廻し頑強な小男で、非常に粗野で荒々しい感じがした。その上言葉や行為の上にも、何か垢ぬけのしない田舎の典型的な文学青年という感じがあった。しかしそれよりも驚いたのは、まるで無一文でやって来たことだった。それで前橋に当分滞在するからよろしく頼むという御宣託である。

萩原朔太郎「詩壇に出た頃」

こんな横暴な要求にも関わらず、朔太郎は犀星のために宿を用意し、毎日のように彼を訪ね、詩や女のことなど多くを語り合った。もちろん、一カ月もの長きにわたった逗留の費用を、犀星はまったく払うことはなかった。その後もふたりの交流は続き、ともに上京し、芥川龍之介なども交えながら文壇における地位を確固たるものにしていく。犀星と朔太郎、そして芥川の交流は、ときに嫉妬の感情が渦巻く三角関係のようなこともあったようだ。ただし、この関係が彼らの文学をさらなる高みへと導いていたのは間違いないだろう。

萩原朔太郎　乱歩とメリーゴーランドに興じた日

芸術家・芥川龍之介との友情と死別

萩原朔太郎は群馬県前橋市の生まれだ。中学生のころに従兄から短歌を教わって以来文学に親しみ、『明星』に短歌を投稿、そこから与謝野鉄幹が主宰していた「新詩社」同人に参加した。その後、一九一三（大正二）年には北原白秋の雑誌『朱欒《ざんぼあ》』で詩を発表している。そしてその後、同社の同人だった室生犀星とともに「感情詩社」を打ち立て、「月に吠える」を発表して詩壇に登場した。以来、「青猫」など数多くの詩を残した、「日本近代詩の父」とも呼ばれている人物であり、故郷である前橋市には、彼の生家や記念館なども数多く残されている。

彼は人づきあいの得意なタイプではなかったようだが、同じ詩人だった室生犀星と親しく、犀星を通じて様々な文人たちと親しくなっている。そんななかでもとくに親しく、そして彼のことを深く知っていたのは、文豪・芥川龍之介だったといえる。もちろん、付き合いの長さでいえば室生犀星の方が上であり、同じ詩人であったことを考えれば、彼の方が通じ合っていたはずと思えるかもしれない。しかし少なくとも、わずか三年ほどの交流を通じて、芥川は犀星よりも深く朔太郎の詩人としての才能や性質を見抜いていた。

彼らが初めて出会ったのは、一九二五（大正十四）年四月のこと。田端に住み、芥川とも交友関係にあった犀星の誘いで、朔太郎も田端へと移った。そしてふたりは犀星も交えて交流を重ね、親しい友人同士となる。朔太郎は妻の体調が悪化してしまったため、七カ月ほどで田端を離れることになったのだが、その後も交流は続いていた。ただし彼らふたりの関係は、一筋縄ではいかないものだ。

文學上における主觀主義者――それ故にまた浪漫主義者――としての私の立場は、芥川君の「あまりに文藝的な」「あまりに觀照的な」態度を好まなかつた。私の言語の意味に於て、「詩」といふことは主觀性を觀念してゐる。だから主觀性のない文學は、私の意味での「詩」でない上に、自分の藝術上の立場として、對蹠的な地位に敵視するものでなければならぬ。そして芥川君の文學は、正にこの點で自分の敵――しかも最も強力な敵、それへの戰で最大の名譽を感ずるほど、それほど偉大で強力な敵。――として感じられた。

萩原朔太郎「芥川龍之介の死」

朔太郎にとって「詩人」とは主観的に物事をとらえ、感じたままを情熱的に歌い上げるもの。しかし芥川はつねに「観照的」であり、論理的で冷静な皮肉屋の「小説家」だった。そして、ある面で朔太郎はそうした「小説家」を「敵」とさえみなしていたのだ。しかしその一方で、芥川は自身をつねに「詩人」だと語っており、また、詩人にあこがれてもいた。彼らの間には共感を妨げる厚い壁があったのだ。

このように、純粋に詩人同士、友人同士として付き合っていた犀星との関係と違い、芥川と朔太郎との間には、文学上のわだかまりのようなものがあった。彼らはその後も親しく関係を築いていくのだが、それでもこの思いは消し去れず、むしろ交流を重ねるにしたがってどんどん深いものになっていく。そしてある晩、芥川は後輩の文士たちを連れて朔太郎のもとを訪ね、彼の顔をみるや否や「君は僕を詩人でないと言つたさうだね。どういふわけか。その理由をきかうぢやないか？」と挑むように問いかけた。

朔太郎は「復讐に来やがった！」と冷や汗をかいて焦っていたが、その場では後輩たちがいた手前もありこの議論はそこで打ち止めに。その数日後、朔太郎は自ら芥川の家を訪問し、真意を語っている。

「要するに君は典型的の小説家だ。」

自分がこの結論を下した時、彼は悲しげに首をふつた。

「君は僕を理解しない。徹底的に理解しない。僕は詩人でありすぎるのだ。小説家の典型なんか少しもないよ。」

それから詩と小説との本質観の相違について、我々はまた暫らく議論した。そして遂に自分は言つた。自分が、自分の立場としての文學論を進めて行くと、窮極して芥川君は敵の北極圏に立つことになる。文學上の主張に於て、遺憾ながら我々は敵であると。

「敵かね？　僕は君の。」

さう言つて彼は淋しげに笑つた。

「反對に」

　と彼はさらに言ひつづけた。

「君と僕くらひ、世の中によく似た人間は無いと思つて居るのだ。」

（中略）

「僕は君を理解してゐる。それに君は、君は少しも僕を理解しない。否。理解しようとしないのだ。」

萩原朔太郎「芥川龍之介の死」

　図らずも、この日が朔太郎と芥川とが対面した最期の日となってしまった。このあと朔太郎は伊豆の湯ヶ島にある落合楼（現・おちあいろう）という旅館へ旅立つ。数多くの文士たちが療養などのために訪れた名所だったのだが、この地で早朝、芥川の訃報に触れている。これを聞いた瞬間、朔太郎は「やったな！」と心のなかで呻きを上げた。そしてそこに至って初めて、芥川の精神を知ったと語っている。芥川は詩人であり、芸術家でありながら、現実的な生活に圧されて芸術に生きることができない文人だったのだ。実家の援助を受け、生活上の困窮から離れていた朔太郎にはそれが理解できず、けんか別れのように死別することとなったのだ。朔太郎はその後、何度か芥川や彼との交流について書いている。芸術家としての芥川の生と死が、朔太郎の詩作に影響を与えたのはいうまでもないだろう。

趣味人・朔太郎と奇人・江戸川乱歩の交友

「詩人・萩原朔太郎」を誰より理解していたのが芥川だったとしたら、「人間・萩原朔太郎」を最も知っていたのは、江戸川乱歩だったかもしれない。じつは朔太郎は非常に多趣味な人物としても知られている。若いころからマンドリンやギターなどに親しみ、ひんぱんに地元で仲間たちとともに演奏会を催していた。群馬県前橋市では、現在も毎年彼の名前を冠した「朔太郎音楽祭」が行なわれているほど。また、十六歳のときにはカメラを購入しており、写真撮影にも凝っていた。死後には彼が残した写真も多く見つかっており、それを集めた写真集も発売されている。

おちあいろう
北原白秋や川端康成など、文豪が多く訪ねている落合楼。この老舗旅館を利用して「作家になりきり合宿 1泊2日合宿」という企画も開催された。
静岡県伊豆市湯ヶ島1887-1

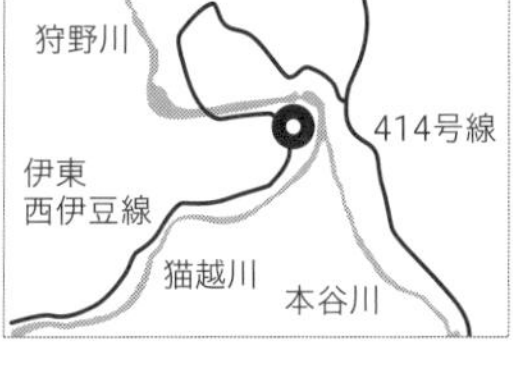

さて、こうしたなかでも意外な趣味のひとつが推理小説の愛好だ。彼は小説嫌いを標榜しており、いわゆる純文学はほとんど読んでいないと語っている。「芥川龍之介と谷崎潤一郎とは、僕が小説について鑑賞し得る、唯一の二人だけの作家であつた」というほどだった。しかし推理小説は大好きで、なかでも気に入っていたのが、日本の探偵小説の元祖、江戸川乱歩の作品だ。朔太郎は乱歩に対して「貴下とは未だ面識の機会がありませんが、御創作は常に愛読してゐる次第です」と書いた手紙まで送っている。そしてこの手紙を受けた乱歩は、朔太郎を自宅で歓待、意気投合した結果、あちこち案内して歩いたそうだ。

昨日は始めて伺ひ、所々珍しき所を御案内下された上、とんだ御散財まで相かけ恐縮に耐えません。實はマッサーヂの家を御教示に預かりたく、その内意にて御訪ねしたる次第なるも、遇然に情意投合して面白く、近頃になき愉快な半日をすごしました。小生も同好趣味の友人なく、平常・寂寞に耐えざるところ、思はざる好知友を得て半生の喜悦と満足を感じました。マッサーヂの件などは何うでもよく、今後共親交御願ひ致したく切望します。昨夜のユーカリは特別に面白く、お影様にて未知の猟奇趣味を満吃しました。

萩原朔太郎　江戸川乱歩宛書簡（一九三一年十月十六日）

ちなみに、この「ユーカリ」というのは、当時のいわゆるゲイバーのこと。彼らが出会ったときどんな言葉を交わしたのか、その詳細はわからないが、初対面の相手をいきなりそんな場所に招待し、「未知の猟奇趣味」まで披露する乱歩はかなり大胆だ。そしてそれを喜び「今後共親交御願ひ致したく切望します」と書く朔太郎にも驚かされる。

彼らにはさらに面白い共通の趣味があった。それが回転木馬、現在でいうメリーゴーランドだ。朔太郎の詩集『氷島』には「遊園地《るなぱあく》にて」という詩があり、その冒頭で回転木馬が登場している。

遊園地《るなぱあく》の午後なりき
樂隊は空に轟き
廻轉木馬の目まぐるしく
艶めく紅《べに》のごむ風船
群集の上を飛び行けり。

萩原朔太郎「遊園地《るなぱあく》にて」

朔太郎は回転木馬を好み詩のモチーフに選んだのだが、それは単に外見の美しさなどを気に入っていたのではない。それに乗って楽しむことまで含めて好きだったようだ。

ごく近頃、去年（昭和六年）の秋であったか、まことに久方振りで、私はあの懐しい浅草木馬に乗ったことがある。連れはそのごろ知合いになった詩人の萩原朔太郎氏で、彼もまた木馬心酔者であったから、私が恥しがるのを無理に誘って、彼は木馬に、私は自動車にゴットンゴットンと乗ったのである。

江戸川乱歩「探偵小説四十年」

これは、先ほど書いた乱歩が朔太郎を歓待したときの一幕だという。当時乱歩は三十七歳、朔太郎は四十五歳。中年男性がふたりで子供たちに交じり、回転木馬で遊ぶというのは、なんとも恥ずかしいやらほほえましいやらといった行動だ。このとき彼らが出向いたのは、浅草の木馬館。現在は大衆演劇の劇場になっているが、当初は昆虫の展示や回転木馬などがあった遊園施設であり、人目もあっただろう。

こうした奇妙な縁で結ばれたふたりはその後も交流を深めており、乱歩の「パノラマ島奇譚」が発表されたときは、朔太郎がこれを賞賛していた。そして朔太郎自身、パノラマを詩のなかに登場させてもいる。こうした点を考えると「文学」ではなく「美学」あるいは、「嗜好」の部分で誰よりも朔太郎に共感し、彼の魅力を知っていたのは乱歩だったのかもしれない。

菊池寛「新感覚派」は、湯島のすき焼き店で準備された？

芥川との友情　生涯に残る後悔

「真珠夫人」を書いた大衆小説の大家、『文藝春秋』を創立した編集者であり実業家、一九三七（昭和十二）年には東京市会議員に当選し、戦時中には作家を動員して従軍する日本文芸家協会の会長などを歴任、戦前から一九七〇年代まで続いた映画会社「大日本映画制作株式会社（大映）」の初代社長を務める。また、芥川賞や直木賞の設立者でもあり、数多くの若手後輩文学者達の世話をした文壇の大立者……菊池寛の略歴を概観しただけでも、その仕事の幅広さと活躍ぶりに驚かされる。

そんな菊池の出発点は、現在の東京大学の予科、第一高等学校にあった。彼は東京高等師範学校や明治大学法科に入学したものの除籍処分を受けており、一高に入学した一九一〇（明治四十三）年の時点で二十二歳。芥川龍之介よりも年上で同級となる。当時ふたりにはそれほど交流もなかったものの、ともに文学を志し、共通の友人もいたため顔見知りだった。

しかし菊池は、在学中に友人から借りたマントを盗品と知らずに質に入れてしまったことから盗難の加害者とされ、一高を退学、京都大学へと入学する。一方、芥川は同年に東京大学へ入学。友人たちと第三次『新思潮』を創刊した。菊池は京都からこれに参加している。

京都へ行つた最初の年、芥川、久米、松岡、成瀬が、第三次、「新思潮」をやることになつたので、京都にゐる僕も同人にしてくれた。これは、彼等の友情で、僕は京都にゐたのだから、のけ者にされても仕方がなかつたのである。そのとき同人になつてゐなかつたら、その次ぎの「新思潮」にも同人になれず、結局僕は文壇に出る機運に接しなかつたと思ふ。

菊池寛「半自叙伝」

こうして『新思潮』の一員として作品を発表していた菊池だが、当時は小説よりも戯曲ばかり書いており、あまり高い評価は得られていない。その後、一九一六（大正五）年に京都大学を卒業。同年、芥川たちと共に第四次『新思潮』を刊行した。そこで発表した「鼻」によって、芥川は一躍文壇に躍り出ることとなる。

一方、菊池は卒業とともに友人の周旋もあって時事新報に入社、同人である友人達は、度々彼を訪ねてきており、会社近くにあったカフェ「パウリスタ」で文学談義に花を咲かせていたようだ。このカフェは女給を置かず、美味しい珈琲が飲める老舗のカフェとして人気で、今も銀座で愛されている（住所：東京都中央区銀座八-九 長崎センタービル一階）。

菊池は記者として働く傍ら『新思潮』を中心に作品を発表。「父帰る」などで徐々に評価を受ける。また、一九一七（大正六）年には、地元である高松藩の旧藩士の娘と結婚。このころから、ようやく芥川とも『新思潮』の活動や文学談義から親しくなっていった。

菊池と一しよにゐると、何時も兄貴と一しよにゐるやうな心もちがする。（中略）その原因は、思想なり感情なりの上で、自分よりも菊池の方が、余計苦労をしてゐるからだらうと思ふ。だからもつと卑近な場合にしても、實生活上の問題を相談すると、誰よりも菊池がこつちの身になつて、いろいろ考をまとめてくれる。

芥川龍之介「兄貴のやうな心持―菊池寛氏の印象―」

実際のところ、その後の人生をみても文学者としては芥川の方が評価も高く立派な仕事を果たしているが、彼は神経質で芸術家気質。実生活の面では、年も上で苦労を経験している菊池を頼りにしていたようだ。

菊池はさらに創作を重ね、ついに一九二〇（大正九）年には毎日新聞紙上に発表した「真珠夫人」が評判になり、人気作家となる。さらにその三年後、一九二三（大正十二）年には文芸誌『文藝春秋』を創刊。若い作家のための雑誌ということで、『中央公論』のわずか十分の一の十銭という安さで発売していた。

この時期、菊池と芥川との友情を示すあるエピソードが残っている。一九二四（大正十三）年のある早朝のこと。菊池は急に狭心症の発作に襲われる。あまりの苦しさに死を覚悟した彼がとった行動は、芥川に宛てた手紙を残すこと。「長き交誼謝す。アトヨロシク　さようなら そう残念でもない、満更。文芸コーザヨロシク」と書いていたという。芥川が兄のように信頼していたのと同様、菊池も芥川を仲間として誰より信頼し、気にかけていたのだ。

しかしこの友情は思わぬかたちで終わりを迎える。一九二七（昭和二）年、芥川が自ら命を絶ったのだ。この直前の一カ月ほどの間、菊池は雑誌編集や文壇での活動に追われていたという。このことは、菊池にとって大きな後悔となった。

僕の最も、遺憾に思ふことは、芥川の死ぬ前に、一ヶ月以上彼と会つてゐないことである。この前も「文藝春秋座談会」の席上で二度会つたが、二度とも他に人がありしみぐ〳〵した話はしなかつた。（中略）ただ万世橋の瓢亭で、座談会があったとき、私が自動車に乗らうとしたとき、彼はチラリと僕の方を見たが、その眼には異様な光があつた。あゝ、芥川は僕と話したいのだなと思つたが、もう車がうごき出してゐたので、そのままになつてしまつた。（中略）死後に分かつたことだが、彼は七月の初旬に二度も、文藝春秋社を訪ねてくれたのだ。二度とも、僕はゐなかつた。（中略）かうなつて見ると、瓢亭の前で、チラリと僕を見た彼の眼附は、一生涯僕にとつて、悔恨の種になるだらうと思ふ。

菊池寛「芥川の事ども」

こうした思いを抱えていたため、菊池は芥川の葬儀の席で涙をこぼしながら弔辞を読み上げている。そしてのちに、新人のための文学賞「芥川賞」を創立することになったのだ。

社長として、文人として菊池寛の生きざま

菊池が個人として構え、自宅を事務所としていた文藝春秋社は順調に成長していったことで、一九二六（大正十五）年になると、事務所以外に社屋が必要となった。そこで白羽の矢が立ったのが、当時の麹町下六番町（現・千代田区六番町）だ。作家の有島武郎が暮らしていた屋敷の跡で、菊池もすぐ隣に居を構えており、現在も旧居跡の案内板が残されている。

その後、同社は一九二七（昭和二）年に再度移転して翌年に株式会社化。新人作家の作品を中心に文芸作品を掲載する文芸雑誌だった『文藝春秋』も、政治や経済、社会など幅広いジャンルの評論などまで扱う総合雑誌となった。こうした変化を経て、創業者である菊池も、一編集者から経営者となり、一層バリバリ働いた……と思われそうだが、社長として

菊池寛旧居跡

芥川賞や直木賞を設立した菊池寛は、有島武郎の死後1926（大正15）年から1年余りここを自宅とし、文藝春秋社を設立した。

東京都千代田区六番町3

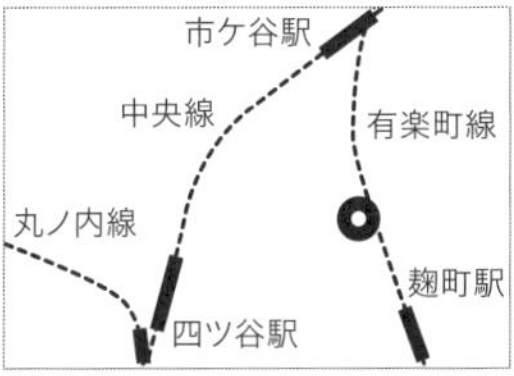

の菊池は自由気まま、驚くような働き方をしている。

彼は毎日、四時から五時頃、電燈が灯つてから、文藝春秋社に出勤する。それは普通一般の社長といふものが退社するのと、同じ時刻なのである。彼の室は、編集室に隣つたところだが（中略）埃っぽい古卓や、古椅子が雑然と置かれてある。室の真つただ中に、将棋盤が、四角張つて、威張り返つて控へていた。そして訪問客は、取次ぎをまたずして、自由に出入りするがために、ここでは恐らく、事務を見ることが出来ないと思はれる。だから、菊池寛は仮りの名で、本統の社長はこの将棋盤だといふ方が、一層適切であるやうである。

阿部真之助「人間菊池寛」

この会社では社員たちも多少なりずぼらになっており、会社内で卓球をするもの、将棋を指すものなどが多くいたそうだ。あるとき、その問題に気付いた菊池は社内の規律を強化。勤務時間をきちんと管理し、業務時間内の遊戯は禁止とした。しかし大方の予想通り、この命令に一番苦しんだのは当の本人。イライラして集中を欠くことが多くなり、たばこの量も増えていく……。結局、それをみかねたひとりの社員がおずおずと将棋を指す仕草をしながら「一番どうですか？」と声をかけると喜んでその誘いに乗り、なし崩しになってしまったという。

ただし、菊池が会社のために働いていなかったかといえばそんなことはない。彼はいわゆる文学者的な人間でもお堅いビジネスマンでもなく、性根はバンカラな田舎の大将といった人物であり自由人。それまでになかったいろいろなアイデアを生み出し、新しい雑誌のスタイルを作り上げていた。作家による講演会や、有識者、文学者を集めた「座談会」などもこの雑誌から始まったものだ。こうした点で、彼の自由さは会社を育てる重要な鍵となっていた。

とはいえ、この自由さは家庭生活を考えると褒められるものではない。彼は毎週土曜日は家族サービスに勤しんでいたりと家庭的な面もある人物だったが、女遊びも烈しかった。そして浮気を繰り返す彼に、妻は怒り心頭で詰め寄ったことがあったという。そのとき菊池が出した言い訳は「六十歳になったら真面目になるから」というものだった。しかし彼が亡くなったのは五十九歳のとき。結局「真面目になる」ことなく世を去ったことも菊池らしさといえる。

敵も味方も多かった文壇の「ドン」

菊池は文芸誌を創刊していたこともあり、文壇の後輩にも顔が広かった。なかでも彼が高く評価していた作家のひとりが、横光利一だ。彼は新感覚派を打ち立てた「文学の神様」として知られているのだが、彼の人生を変えるような出会いが、菊池によってもたらされている。

一九二一（大正十）年、横光は同じくデビューしたての新人作家だった川端康成と、菊池の自宅で出会った。菊池はふたりを連れて当時の本郷、現在の文京区湯島にあった「江知勝」

というすき焼き店に行った。そしてその帰り、横光と別れたあと菊池は川端に、「あれはえらい男だから友達になれ」といったという。この言葉に従った結果か互いに惹かれあったからか、横光と川端は一生の友人となっている。菊池の横光への入れ込みようは並々ならないもので、井伏鱒二は「荻窪風土記」に関東大震災（一九二三年）時のこのような逸話を書き残している。

菊池寛は、愛弟子横光利一の安否を気づかつて、目白台、雑司ヶ谷、早稲田界隈にかけ、『横光利一、無事であるか、無事なら出て来い』といふ意味のことを書いた旗を立てて歩いた。

井伏鱒二「荻窪風土記」

面倒見のいい菊池の性格もあっただろうが、当時才能はあるものの裕福とはいえなかった横光を心配し、このようなことをして歩いたのだろう。横光もこれに応えるようにその才能を発揮し、戦中には菊池が取り組んでいた文学者による軍事協力に賛同した。しかし戦後、菊池や横光のこういった行動は、激しい批判の対象となる。「戦争協力」を責められ、公職追放を受けてしまったのだ。これにより、菊池は文藝春秋社や大映の社長の座を追放されてしまう。

そしてこの公職追放から間もなく、一九四七（昭和二十二）年には横光利一が逝去。さらに菊池もその翌年、あとを追うように亡くなっている。戦前の文壇の頂点に立ち、盛り上げた菊池は、戦争の終わりとともに世を去ることになったのだ。

第三章

川端康成と世代を超えた友

ノーベル賞受賞後に、伊藤整と三島由紀夫と鼎談する川端康成
（於：川端自宅　神奈川県鎌倉市長谷1丁目12-5）

人物相関図

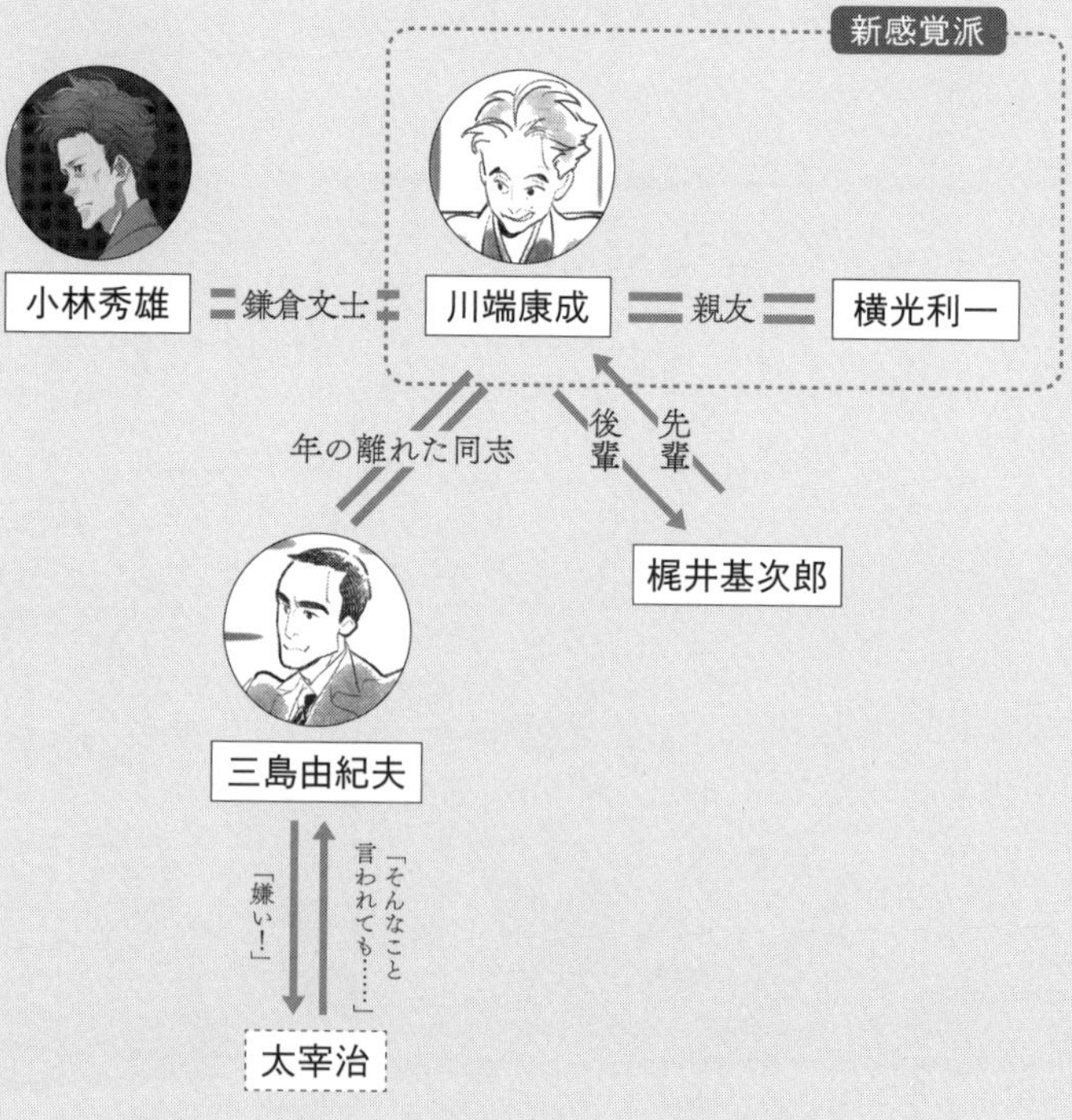

新感覚派
小林秀雄
鎌倉文士
川端康成
親友
横光利一
年の離れた同志
後輩
先輩
梶井基次郎
三島由紀夫
「嫌い！」
「そんなこと言われても……」
太宰治

川端康成　鎌倉から日本の美しさを歌った寡黙な趣味人

ノーベル文学賞の賞金を担保に、美術品を買いあさる

一九六八（昭和四十三）年十月十七日、川端康成がノーベル文学賞を受賞することが決定した。日本で初めての快挙だ。広く知られる「トンネルを抜けると、そこは雪国だった」という書き出しの「雪国」をはじめ、「古都」など数多くの作品で、「日本人の心の精髄を、すぐれた感受性をもって表現、世界の人々に深い感銘を与えた」ことが受賞に至った大きな理由だった。

この決定が知らされた翌日、日本では急遽、彼のノーベル賞受賞を記念した座談会「川端康成氏を囲んで」が催された。この模様はＮＨＫも捉えており、テレビとラジオで放送されている。座談会が行なわれたのは、鎌倉、長谷にある川端本人の自宅。庭園つきの大きな日本家屋は当時のままで、裏手の山は、「山の音」でも描かれている。

鎌倉のいはゆる谷の奥で、波が聞える夜もあるから、信吾は海の音かと疑つたが、やはり山の音だった。

遠い風に似ているが、地鳴りとでもいふ深い底力があつた。自分の頭のなかに聞えるようでもあるので、信吾は耳鳴りかと思つて、頭を振つてみた。

音はやんだ。

川端康成「山の音」

座談会では、その自宅の庭先に三つの椅子を並べ、文芸評論家の伊藤整と、作家であり川端と交流も深かった三島由紀夫、そして川端本人とが並んで座った。普段は寡黙で、感情をあまり表に出さない川端。相変わらず口数は少なかったが、この日ばかりはいくらか嬉しそうな表情をのぞかせている。

川端はその後十二月にノーベル賞授賞式のためスウェーデンへと出発するのだが、なぜか彼は当日に不機嫌になってしまい、「みんな、勝手に行ってらっしゃい。わたしは行きませんよ」といっていたという。しかしもちろんそうもいかず、授賞式に出席し、「美しい日本の私―その序説」と題した講演を行なっている。日本の和歌や詩、多くの思想家、宗教家などの言葉を引用しながら日本的な美について語った。

このタイトルは当時賛否両論を呼んだというが、世界中で広く翻訳され伝えられた。また、一九九四（平成六）年に川端に次いでふたり目のノーベル文学賞受賞者となった大江健三郎は、川端の講演タイトルをもじり、「あいまいな日本の私」と題した受賞講演を行なっている。

川端のノーベル賞受賞が知らされたとき、この座談会以外にも、さまざまな華々しい報道がなされた。しかしその裏で、川端は驚くような行動をとっている。なんと受賞の知らせを受けたその日のうちに、七千万円もする日本画の屏風を買い付けていたのだ。川端は土偶や埴輪などの出土品や工芸品、骨董品や近現代美術など、幅広い芸術品の収集家・愛好家として知られ、彼の購入後、国宝に指定された品もあるほどの目利きだった。ノーベル賞の賞金も、その趣味にあてがおうとしていたのだ。

それだけであれば、金払いの良さに驚きはするが、個人の自由だといえる。しかしじつはノーベル賞受賞の賞金は二千万円ほど。七千万円には程遠いため、これはあくまで担保扱いだ。それどころか、彼はさらに埴輪などの美術品を買いあさり、合計で一億円ほどの買い物をしたという。おまけに、これから授賞式でストックホルムに行くという段になると、今度は「フランスに絵の売物が出た。とてもいいものだ。日本に買っておいたほうがいい」「自分の貰うことになっているノーベル賞の小切手を担保にしてその絵を日本に送ってもらうように頼めんだろうか」（今東光「川端康成との五十年」）と依頼。すでにあちこちで担保にしている小切

川端康成宅
二階堂で借りていた家の持ち主、蒲原有明が戻ってきたためここに転居する。以来、川端は生涯ここに住んでいた。
神奈川県鎌倉市長谷1丁目12-5

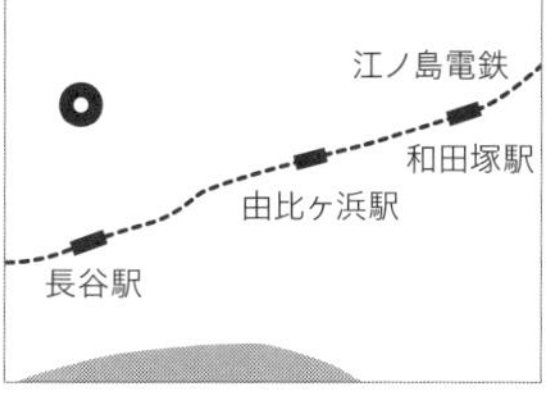

手を、今度は金額もわからない絵に使おうというのだから、驚くべき大胆さである。

ただし、こうして集められた彼のコレクションは、後に美術館で何度も特設展が組まれるほどの名品揃いだった。そんな美術品の数々は、彼の作品中にも少なからず登場している。

三島由紀夫、愛する後輩作家の早すぎる死

川端のノーベル賞受賞を記念した座談会では、本来なら川端から喜びの声や、独自の文学観など、詳しい話を聞くことが主になるはずだった。しかし彼は生来から寡黙な性格。その大きな目を見開いて、じっと黙って話を聞いていることが多く、この日も例外ではなかった。そしてその穴を埋めるようにしゃべっていたのが、同席した三島だ。彼は、川端作品の魅力や現代性について熱を込めて語っている。それほど川端作品は、三島にとって価値のあるものだった。

ふたりが始めて出会ったのは、戦後間もない一九四六（昭和二十一）年のことだ。川端は一八九九年、三島は一九二五年の生まれで、二十五歳以上も歳が離れている。当時、川端は戦中に小林秀雄をはじめとした多くの鎌倉在住の文学士たちと始めた貸本屋、「鎌倉文庫」を発展させ、戦後の混乱のなかでも日本の文化を守ろうと、文芸雑誌『人間』を創刊していた。

そんな川端の元に、当時大学生であり、本格的な文壇デビューを目指す三島が訪ねてきたのだ。三島は「日本浪漫派」と呼ばれるグループに参加してはいたものの、発表した作品は「中世」と題した一作だけ。それも掲載誌が戦争の影響で休刊したため、途絶状態にあった。そんなと

き、三島は川端が自作「中世」を賞賛していたと聞き、助力を願ったのだ。

戦争がをはつたとき、氏は次のやうな意味の言葉を言はれた。「私はこれからもう、日本の悲しみ、日本の美しさしか歌ふまい」――これは一管の笛のなげきのやうに聴かれて、私の胸を搏つた。

三島由紀夫「永遠の旅人――川端康成氏の人と作品」

当時、三島が川端に抱いていた印象は、この一文に表れているといえる。物心ついたときから戦争に囲まれて育ち、戦場で死ぬことを覚悟しながら生きてきた世代でもある三島にとって、日本のために芸術家として生きようとする川端の言葉は美しく胸を打つものだったのだ。

そこで、自分の文壇進出に向けた一縷の望みを賭けて、「煙草」という短編の原稿用紙をもって、鎌倉に住む川端の元を訪ねている。この作品はかなり好みが分かれるものだったらしく、何人かの批評家や編集者からはバッサリと掲載を断られていた。しかし川端は高く評価し、『人間』への掲載を決める。そしてそこから三島は独自の世界を開き、文壇でも第一線で活躍する文豪へと成長を遂げたのだ。

川端に引き立てられて文壇へと進出した三島は立派な功績を打ち立て、川端の目からみても、自分に次いでノーベル文学賞を取るであろうと思えるような文人となった。しかし三島は、川端のノーベル賞受賞からわずか二年後に、自ら命を絶つ。市ヶ谷の自衛隊駐屯地で割腹自殺を遂げた、あの有名な事件だ。

事件の当日、偶然上京中だった川端は、すぐに現場へと駆けつけたが、三島の死に目には会えず、それどころか、彼がたどり着いたときには現場検証中となっており、その遺体と対面することすら叶わなかった。この事件から二カ月後、川端は三島の葬儀・告別式の葬儀委員長を務めることとなり、自ら弔いの言葉を読み上げている。

葬い、即ち生きている者が死んだ者を葬うとはどういうことであるか、この意味は私はよくわかりませんが、死者をして死者を葬らしめよ、という言葉があります。三島君は多くの人の中に、また或いは歴史の中にも生きている、ともいえるとおもいます。

三島由紀夫葬儀あいさつ

この川端の言葉は正しく、三島の作品は後世まで語り継がれることになった。しかし、学生のころから引きたてていた後輩に先立たれ、その弔辞を読むことになる川端の心中は、とても複雑なものだっただろう。

数多くの仲間を見送った「葬式の天才」

川端は一歳のころに両親を、小学校に入学したときに彼を引き取ってくれた祖母を、その三年後に姉を失っていた。そのこともあって、裕福とはいい難い家庭に育ったのだが、当時から非常に賢く、神童といわれるほどの才覚を発揮していたという。

しかし、生まれたときから身内にこれだけの不幸が重なっていたことから、従兄からは「葬式の名人」だとからかわれてもいた。川端はそんな経験を作品化、一九二三（大正十二）年に「会葬の名人」という短編を発表し、のちに「葬式の名人」と改題した。

ところが、これが後に異なる意味を持つことになる。川端は文壇で活躍し始めてからというもの、長く第一線にいたために数多くの友人たちを失い、何度もその葬儀に立ち会うことになった。そして度々弔辞を読んだり、葬儀委員を務めたりしている。その経歴と右記の短編のタイトルから、今度は文壇内で「葬式の名人」と呼ばれ始めたのだ。

彼が弔辞を読んだ作家のなかには、三島のほかに、「堕落論」などで知られる坂口安吾、「風立ちぬ」の堀辰雄、「田園の憂鬱」の佐藤春夫などがいる。どの弔辞も川端の文才が遺憾なく発揮された美文ぞろいだった。

こうして数多くの作家を見送ってきた川端だったが、自身の最期はあまりにも突然に、謎を秘めた形でもたらされている。一九七二（昭和四十七）年、彼はノーベル文学賞授賞記念の対談を行なった長谷の自宅に住んでいたのだが、仕事場所として逗子マリーナ（住所：神奈川県逗子市小坪五丁目二三-九）にマンションを借りていた（四一七号室）。彼は自宅から百メートルほど歩いたところでタクシーを拾い、逗子の仕事場へ赴く。そこでウイスキーを飲んだ後、一・五メートルのガス管の先を咥えて布団を頭までかぶり、ガス自殺を遂げたのだ。
状況だけをみれば完全な自殺だが、長谷の自室には、彼が可愛がっていた後輩作家、岡本かの子の全集に寄せる推薦文が書きかけのままになっており、遺書などはなかったという。彼の自殺の理由についてはさまざまな推測がなされている。

「作家にとっては名誉などというものは、かえって重荷になり、邪魔にさえなって、いしゅくしてしまうんではないかと思っています」

『朝日新聞』

川端はノーベル賞受賞時にこうしたコメントも残している。また、受賞の直後から作品発表がほとんどなかったこともあり、受賞したことが、ひとつの引き金になっていたのではないかという説もある。
とはいえ、彼の死についてはフランスではテレビで報道され、イギリスでも大手新聞紙『タイムズ』が一面で報じるなど、世界中の注目を集めた。こうした点から、彼が文学界に残した功績がいかに大きなものだったか、改めてうかがい知ることができるだろう。

横光利一　下北沢にいまも響く靴音

新感覚派を生んだ「文学の神様」

真昼である。特別急行列車は満員のまま全速力で馳けてゐた。沿線の小駅は石のやうに黙殺された。

横光利一「頭ならびに腹」

これは一九二四（大正十三）年に発表された、「頭ならびに腹」の冒頭。同作は、横光が打ち立てた「新感覚派」の代表的な作品といわれている。作品発表当時、文壇では作家が自分自身やほかの誰かの実体験などをモデルに描く「私小説」が主流であり、志賀直哉に代表されるような、写実的でシンプルな描写が良いものとされていた。そのため、この作品で横光が試みた文体――特別急行列車が極度に擬人化され、人間と同等の位置におかれた手法――は、前衛的なものとして注目を浴びた。ここから、彼は新しい文学潮流を作り上げていく。

横光は「文学の神様」と呼ばれた小説家だ。一八九八（明治三十一）年に福島県で誕生。後に家族の都合で近畿地方を中心にあちこち引っ越しているが、「故郷と云えば柘植より頭に浮かんで来ません」と親友への手紙に記しているという。そのため三重県伊賀市では、彼を地元の誇りとして文学碑（住所：三重県伊賀市柘植一七〇六）を建て顕彰している。
彼は各地を転々としたのち、三重県で中学校に進学。当時から夏目漱石や志賀直哉の作品に親しみ、ドストエフスキーの「死の家の記録」で文学の洗礼を受けた。中学時代に国語教師から文才を認められて小説家を志し、上京して早稲田大学の高等予科に進学している。
上京後に彼が住んだのは、「栄進館」と呼ばれた下宿。当時の東京府豊多摩郡戸塚村下戸塚、現在の西早稲田から高田馬場にかけてのあたりに建てられていた。そしてここでの生活を始めて間もなく、横光は文芸誌に作品を発表し始める。

彼は博文館の文章世界の投書家であった。当時文章世界の選者は中村星湖だったが、横光の投書はいつでも賞められてはあるが所謂選外佳作の部で誌面には一度も載らなかった。それでも懲りずに毎月若しくは2か月に一編位長い間投書し続けた。

村松梢風「近代作家伝」

授業には出席しないことも度々で、真面目な生徒とはいえなかったようだが、文学に対してはつねに大真面目だった。毎晩遅くまで原稿用紙に向かい、大量の煙草を吸いながら執筆に勤しむ姿は、下宿の名物にもなっていたという。彼のこうした懸命な努力は、高等予科を卒業して早稲田に進学した後、先輩作家との出会いというかたちで実を結ぶこととなった。

物を書いて初めて文壇の人と接触があるやうになったのは「時事新報」社が短篇小説を募集した時からである。応募した自分の作が里見弴氏や久米正雄氏に選まれ、そのことから久米氏の友人である菊池寛氏の宅を訪れた、などといふことが菊池氏との交渉の出来初めだったと思ひます。「新小説」に「日輪」を掲載して貰へたのも云はば菊池氏の紹介が預って力あったものと思ひます。

「自己紹介」『読売新聞』一九二四年一月二一日

彼はこうして菊池寛と出会い、彼に師事。徐々に作品発表の場を増やし、新進作家としての道を歩み始める。芥川に憧れていたという横光としては、芥川の同人仲間だった久米や菊池といった先輩作家の助力で文壇に進出できたことも格別な喜びだっただろう。

川端康成との消えない友情

横光はその後、菊池寛の支援を受けながら一九二三（大正十二）年に「蠅」「日輪」などの作品で文壇デビューを果たすと、川端康成とともに雑誌『文藝時代』を創刊。「新感覚派」の先鋒となった。さらに、一九三〇（昭和五）年の「機械」や、翌年の「上海」などで高い評価を獲得、独自の文学を切り開いていく。こうした活動を通じて日本の文壇からは高く評価され、時を超えて現代の読者からも愛されている。そして、そんな彼の人生を語るうえでは、文学史上でも重要な意味を持ち、欠かすことができない「つながり」があった。それは、川端との間に育まれた熱い友情だ。

作家として本格的にデビューする以前の二十代のころ、菊池を通じて知り合ったふたり。菊池は川端に向かって横光と友人になるように勧めており、その言葉に従うかのように、ふたりは交友を深めて生涯の友となった。その友情の深さを知るためには、左の文章を読んでもらえば十分だろう。

> ここに君とも、まことに君とも、生と死とに別れる時に遭った。君を敬慕し哀惜する人々は、君のなきがらを前にして、僕に長生きせよと言ふ。これも君が情愛の声と僕の骨に沁みる。
>
> （中略）
>
> 君の名に傍えて僕の名の呼ばれる習わしも、顧みればすでに二十五年を超えた。君の作家生涯のほとんど最初から最後まで続いた。その年月、君は常に僕の心の無二の友人であったばかりでなく、菊池さんと共に僕の二人

江知勝（閉店）

このすき焼き屋で菊池は、川端と横光を引き会わせる。横光はあまり食べず早々に帰ってしまうが、菊池が川端に「横光とは仲良くするといい」といい、それ以来2人は交流を続けた。

東京都文京区湯島2丁目31-23

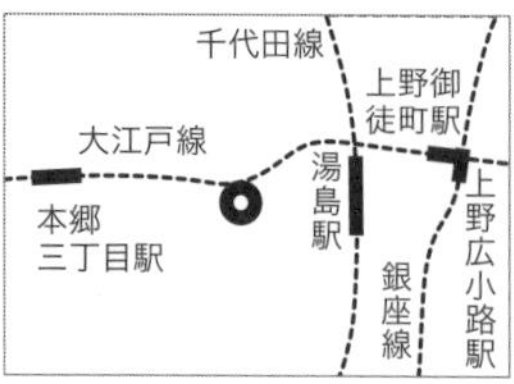

の恩人であった。恩人としての顔を君は見せたためしがなかったが、喜びにつけ悲しみにつけ、君の徳が僕を霑《うるお》うのをひそかに感じた。

（中略）

君に遺された僕のさびしさは君が知つてくれるであらう。君と最後に会つた時、生死の境にたゆたふやうな君の目差の無限のなつかしさに、僕は生きて二度とほかでめぐりあへるであらうか。さびしさの分る齢を迎えたころ、最もさびしい事は来るものとみえる。

川端康成　横光利一弔辞

これは横光の葬儀に際して、川端が読み上げたという弔辞の一部だ。一九四八（昭和二十三）年、横光の葬儀は下北沢にあった彼の自宅で行なわれた。川端はその席上で、二十五年にわたって親交を温めた横光を「無二の友人」であり「恩人」であったと告げ、哀切な胸の内を吐露している。

全文はこの何倍も長く、ここでそのすべてを紹介することはできないが、川端の文才が遺憾なく発揮され、かつ彼の長きにわたる思いがぶつけられた、見事な美文となっている。この内容をみてもらえば、川端がいかに横光に信頼と親しみを抱いていたか、そしてそんな友の死をどれほど悼んでいたかが、わかってもらえるはずだ。

その後、川端が主宰していた雑誌『人間』では、横光の遺作「微笑」が掲載された。また、雑誌『文學界』でも「横光利一追悼号」を企画、そこでは川端や菊池など、盟友と呼ぶべき数多くの作家たちが横光との思い出を語り、その死を悼んでいる。横光が積み上げた文学的功績の素晴らしさをたたえる言葉と、彼の人格を愛し、懐かしむ言葉が並んだ。

現在、彼の葬儀を行なった旧居近くには「横光利一文学顕彰碑」が設置されている（北沢川緑道「中の橋」近辺）。そしてその足元には、自身が「雨過山房《うかさんぼう》」と呼んで愛した自宅の玄関先の石畳が、一部分だけ残されている。これは、先述の小説「微笑」の一節にちなんだものだ。

ある日の午後、梶の家の門から玄関までの石畳が靴を響かせて来た。石に鳴る靴音の加減で、梶は来る人の用件のおよその判定をつける癖があった。石は意志を現す、とそんな冗談をいうほどまでに、彼は、長年の生活のうちこの石からさまざまな音響の種類を教えられたが、これはまことに恐るべき石畳の神秘な能力だと思うようになって来たのも最近のことである。

横光利一「微笑」

この石畳に響く現代の読者たちの足音を、いま横光は空の上からどんな思いで聞いているのだろうか。

梶井基次郎　病弱ながら野放図に駆け抜けた三十一年の生涯

「檸檬」の文士は酒乱で有名？

二〇〇九（平成二十一）年一月、百三十年も続いたという京都の中京区、寺町にあった老舗果物店「八百卯」（住所：京都府京都市中京区寺町二条角）が閉店した。店先だけをみると、古い果物屋さんだとしか思えないのだが、じつはここはとある名作文学作品の、聖地として愛されていた。その名作とは梶井基次郎の「檸檬」だ。国語の教科書などにも採録され、多くの人が読んだことのある名作短編。「えたいの知れない不吉な塊」に心を支配された主人公が、「八百卯」で檸檬を買い、京都の「丸善」へと赴き、それを爆弾と表現して画集を積み重ねた上に置いて立ち去るというストーリーだ。

二〇〇五（平成十七）年には丸善の河原町店も一度閉店しており、そのときにはこのラストシーンをまねて、丸善の画集コーナーに檸檬を置いて帰る客が続出したという。丸善は二〇一五（平成二十七）年に再出店、こちらでは梶井の人気に合わせ、店内に檸檬を置くためのかごなどを用意したようだ。

梶井基次郎というと、この「檸檬」の主人公が持つ影を帯びた印象や、わずか三十一歳の若さで肺結核にかかり、世を去ったといったことから、どこかはかなげで繊細な印象が強い。また、「桜の樹の下には死体が埋まっている」という都市伝説のような話を作り出したのも梶井だ。まさに「桜の樹の下には屍体が埋まっている！」という書き出しで始まる短編、「櫻の樹の下には」が元になっている。これらの作品の「檸檬」や「桜」といったモチーフも、彼のイメージ構築に一役買っているのだろう。

ただし彼の実際の行動をみると、その人間性は作品のイメージ通りとはいい難い。

「俺に童貞を捨てさせろ……」といふやうなことを怒鳴りながら梶井は、祇園の石段下の電車通りへ大の字にねて動かうともしなかつた。そこで私たちは直ぐ近くの遊廓へ彼を連れていつたのであるが、（中略）それ以来梶井は時々その夜のことを呪ふやうな口吻を漏らしたが、「純粋なものが分らなくなつた」とか「堕落」だとかいふ言葉には、私は全く取合はなかつた。

中谷孝雄「梶井基次郎――京都時代」

これは梶井の学生時代からの友人が書き残したもの。彼は第三高等学校（現・京都大学）へと進学したのだが、酒癖が悪く、よく酔って暴れては周囲を困らせていたようだ。そして八坂神社（住所：京都府京都市東山区祇園町北側六二五番地）の前の道で、右のような所業に及んだという。

実際此の梶井の放蕩は底抜けのものであつて、金魚を抱いて寝たり、焼芋屋の釜の中へ牛肉を投げ込んで親爺に追駈けられたりしたやうな奇抜な行や、また彼の高尚な精神とは凡そ反対な悖徳《はいとく》な行で一杯であつた。悖徳は更に悖徳を呼び、醜悪はより醜悪を求めて、彼は荒廃たる狂態を演じ続けた。

外村繁「梶井基次郎に就いて」

こうした酒乱と狂乱の側面がもっと世の中に知られていたら、「丸善」も現在のようなセールを見直していたかもしれない。しかしその一方で、この時期の梶井は文学青年らしい一面を見せてもいる。夏目漱石に魅了されて全集に読みふけり、友人に宛てた手紙で「梶井漱石」と署名していたこともあったという。また、有島武郎が心中したというニュースを聞いてショックを受け、しばらく誰とも口をきかず引きこもっていた。この感受性の強さ、ナイーブさと、酒に酔ったときの狂乱ぶりとのギャップが、なおさら友人に愛されたのかもしれない。

また、学生時代から病気に苦しめられ、病弱な身体を悔やんでいたようだが、その一方でこんな冗談を披露したこともあった（三高卒業後の、東京帝国大学文学部時代）。

当時私たちは、麻布の狸穴に、一つ家の二階に、二部屋きりのその二部屋を占領して暮してゐた。ある晩彼が唐紙越しに私を呼んだ。

――葡萄酒を見せてやらうか……美しいだらう……

さう言つて、彼は硝子のコップを片手にささげるやうにして電燈に透して見せた。葡萄酒はコップの七分目ばかりを満して、なるほど鮮明で美しかつた。それがつい今しがた彼がむせんで吐いたばかりの喀血だつたのは、しばらくして種を明かされるまで、ちよつと私には見当がつきかねた。彼にはそんな大胆な嫌がらせをして人をからかつてみる、野放図と茶目つ気の入りまじつた何かがあつた。

三好達治「梶井基次郎」

どこか不気味でもあるが、まるで物語の登場人物がとるような行動で美しさも感じる。こうした姿に友人は魅了されたのだ。彼は三十一歳という若さで亡くなってしまうのだが、多くの友に愛されており、死後は数えきれないほどの追悼の言葉が寄せられている。

伊豆での療養と川端との出会い

彼の人間性や才能を愛していたのは、友人たちばかりではない。後のノーベル賞作家、川端康成も彼と交流し、その才能を認めていた人物のひとりだ。梶井が川端と知り合ったのは、一九二六（昭和元）年の年末、療養のために訪れた伊豆、湯ヶ島でのことだ。

当初、梶井は湯ヶ島の有名旅館「落合楼」に泊まっていた。北原白秋や萩原朔太郎など、数多くの文人が宿泊したこともあり、現在は国の有形文化財にも登録されている美しい宿だ。しかし「落合楼」では長期滞在は断られてしまい、宿を移すことになる。そこで梶井が訪ねたのが、付近の「湯本館」という旅館。そのときこの宿に、ちょうど川端康成が泊まっていたのだ。

このころの梶井は、すでに友人たちと雑誌『青空』を創刊し、同誌に「檸檬」も発表していたが、それも一部の文人が知っていた程度。文壇で十分な評価を受けていたとはいい難い。しかし、『青空』は川端にも寄贈されており、一応のつながりがあった。とはいえ、川端はすでに雑誌『文藝時代』を創刊していたうえ、前年始めには同誌に「伊豆の踊子」を発表している人気作家のひとりだった。年齢的には二歳しか差がなかったふたりだが、作家としてのキャリアや知名度には大きな隔たりがあったといえるだろう。しかし川端は梶井を受け入れ、文学についてあれこれと話し合ったという。

梶井はこのとき川端に紹介された「湯川屋」に宿をとり三月まで逗留。「冬の日」という作品を執筆した。その間に度々

湯本館

湯本館は川端の愛用する館であり、梶井が川端と初めて会ったのもここである。川端が泊まった客室の保存のほか、梶井も含めた文人達の資料を展示している部屋もある。

静岡県伊豆市湯ケ島1656−1

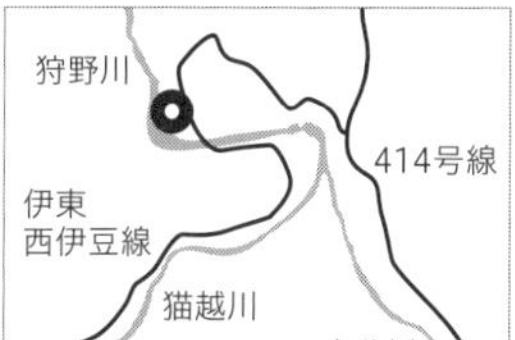

川端の宿を訪ねては、書籍化しようとしていた「伊豆の踊子」の校正作業を手伝っていたという。

梶井君は大晦日の日から湯ヶ島に来てゐる。「伊豆の踊子」の校正ではずいぶん厄介を掛けた。「十六歳の日記」を入れることが出来たのは梶井君のお蔭である。私自身が忘れてゐた作を梶井君が思ひ出させてくれた。（中略）梶井君は底知れない程人のいい親切さと、懐しく深い人柄を持つてゐる。植物や動物の頓狂な話を私はよく同君と取り交した。「青空」の同人が四五人も入れ替り立ち替り梶井君の見舞ひに来て、私はそのみんなに会つた。

川端康成「『伊豆の踊子』の装幀その他」

さらに梶井はこの湯ヶ島で、萩原朔太郎をはじめとした数多くの文人たちと川端康成を通じて出会っている。梶井が泊まった湯川屋は廃業したものの建物は今もそのまま。付近には「梶井基次郎記念碑」（住所：静岡県伊豆市湯ケ島）が立てられており、彼がみた景色をあじわうことができる。

山の便りをお知らせいたします。櫻は八重がまだ咲き残つてゐます　つつじが火がついたやうに咲いて来ました　石楠花《しゃくなげ》は湯本館の玄関のところにあるのが一昨日一輪、今日は浄簾の滝の方で満開の一株を見ましたが大抵はまだ蕾の紅もさしてゐない位です。
げんげん畑は堀り返へされて苗代田になりました。もう燕が来てその上を飛んでゐます。

この文章は、梶井が川端に宛てて書いた書簡の一部。川端は梶井よりも先に帰京していたため、川端が去ったあとの伊豆の様子を手紙で伝えており、その文は記念碑の裏にも彫られている。素朴で美しい湯ヶ島の景色が描かれている。すぐ横の「梶井基次郎文学碑」と書かれた案内碑の文字は、手紙を受け取った川端本人が書いたもの。川端をはじめ、多くの先輩文士たちと出会えた当地での経験は、ごく短い間だったが梶井にとってとても充実したものだったのだ。

若き文豪の最期　死後も高まる評価

「青空」といふ同人雑誌が出てゐた當時、あの雑誌には梶井基次郎といふ素敵なやつがゐるといふ話を人から聞かされた。(中略) 私は讀んで、なるほど梶井は噂にたがはぬやつに違ひないと思つた。(中略)「交尾」を讀んで私は生易しい姿ではないと思つた。脱帽したい気持であつた。この気持は長く尾を引いて、短編集「檸檬」が出たので私は「交尾についで」といふ感想文を「作品」に出した。未だに同じような気持を寄せてゐる。(中略)川瀬の音には觸れてなくつても、川瀬の音を湧き起こさせてゐる作品である。

井伏鱒二「一度の面識」

ここで井伏が書いている作品集『檸檬』は、一九三一（昭和六）年の五月に刊行されたもの。当時、すでに病気でやつれ果てていた梶井をみた友人らが、どうにか生きている間に梶井の作品を世に出してやりたいとあちこちの出版社に掛け合って実現させた一冊だ。

井伏はこれ以前に梶井の「交尾」を絶賛しており、この短編集にも推薦文を執筆。その後押しを受けるように、小林秀雄をはじめ、数多くの批評家、小説家たちが梶井の作品を評価し、自分たちの雑誌にも書いてほしいと連絡を寄せ始める。しかしこのとき、すでに梶井の身体は結核にむしばまれ、執筆も困難な状態だったのだ。それでも彼は「のんきな患者」という作品を完成させ、翌年一月号の『中央公論』で発表。それまではずっと同人雑誌での作品発表だったため、生まれて初めての原稿料を受け取り、商業作家としてデビューしている。

この作品も多くの賞賛を得たが、彼の容体は回復せず、結局一九三二（昭和七）年の三月、惜しまれつつ、大阪市阿倍野区の自宅で逝去。そのため、生前に文壇での成功を掴んでいるとはいい難い。しかし若く瑞々しい感性で書かれた数々の作品は彼の死後、さらに広く知られ、教科書にも掲載されて日本中で愛されることになった。その後、一九八一（昭和五十六）年には彼が生まれた大阪市の靭《うつぼ》公園（住所：大阪府大阪市西区靭本町二丁目一‐四）内に文学碑が建てられている。刻まれているのは「檸檬」の一節だ。ほかにも、近畿地方では三重県や兵庫県などにも多くの文学碑が残されており、関西を代表する文豪のひとりとなったといえる。

三島由紀夫　神保町で出会ったイデオロギーを超えた友

壮絶な最期を遂げた、完ぺきを求める文学者

三島由紀夫という名前を聞いたとき、多くの人が頭に浮かべるのは、彼が最期に起こした事件のことだろう。一九七〇（昭和四十五）年十一月、三島は自身が立ち上げた民間防衛組織「楯の会」のメンバーとともに、防衛省の市ヶ谷地区、別名市ヶ谷駐屯地へ。彼らは幕僚長と面会ししばらく話した後、幕僚長を捕縛し、人質として立てこもった。

三島の要求は、駐屯地の自衛官たちを集めたうえで妨害されることなく演説を行なうこと。実際に彼は、多くの自衛官を目の前にして、駐屯地のバルコニーからマイクを使わず大声で演説し、自国の軍隊を持つことの重要性や、それを目的としたクーデタの必要性を訴えた。

　おまえら、聞け。静かにせい。静かにせい。話を聞け。男一匹が命をかけて諸君に訴えているんだぞ。いいか。それがだ、今、日本人がだ、ここでもって立ち上がらねば、自衛隊が立ち上がらなきゃ、憲法改正ってものはないんだよ。諸君は永久にだね、ただアメリカの軍隊になってしまうんだぞ。（中略）

　諸君は武士だろう。武士ならば自分を否定する憲法をどうして守るんだ。どうして自分

を否定する憲法のために、自分らを否定する憲法というものにぺこぺこするんだ。これがある限り、諸君たちは永久に救われんのだぞ。

三島由紀夫「檄」演説

しかし彼の声は届かず、ほとんどの自衛官が三島に対してヤジや怒号を投げるばかり。これを受けた三島は再び室内に戻り、仲間に介錯を任せてその場で自ら腹を切る。残された仲間たちは、自首することになった。戦後も二十五年を過ぎたこの年に出来した切腹劇は「三島事件」と呼ばれ、国内外に大きな衝撃をもたらしたのだ。

こうした衝撃的な最期が広く知られているため、彼のイメージは国粋主義、軍国主義といった言葉で彩られている。しかし三島は、そういった言葉で表されるだけの人物ではなかった。彼は作家として国内で数多くの文学賞を受賞、海外でも高い評価を受けており、死後に明らかになったことだが、一時期はノーベル文学賞の候補にすらなっていたのだ。

ではまず、そもそも三島がどんな人物だったのかということからみていこう。彼は一九二五（大正十四）年に生まれた。じつは、このことも重要な意味を持っている。敗戦を迎えた一九四五（昭和二十）年に、三島は二十歳だった。そのため、物心ついたときから日本は戦争へと向かっており、現在とは全く異なる日本で教育を受けたということになる。敵国と戦って死ぬことが美徳とされる時代に育ったのだ。しかし幼いころの三島は身体が弱く、兵役にも不合格、国のために戦うことすら許されない青年だった。そんな彼にとって、敗戦とともに一気に平和主義、自由主義に傾いた日本の知識人たちや、戦時中には軍国主義を誉めそやしながら戦後には自由を謳っていた日和見主義的な人々などは不信感の対象でしかなかったのだ。

こうした体験は、文学にも非常に色濃く反映されている。彼の作品は流麗で美しい文体で彩られており、完成度が高いことでも知られる。三島はフランス文学やギリシャ悲劇、日本の古典文学や、能楽などの芸能にまで精通しており、作品も緊密な構成と高度なレトリックが多用されている。完成された美を求める感性が、人一倍強い文学者だったのだといえるだろう。

三島の太宰嫌い

彼のこうした姿勢、生き方が如実に表れているひとつのエピソードがある。それは、三島がまだ文壇に本格的にデビューする前の一九四六（昭和二十一）年のこと。ある編集者が用意した宴席で、三島は先輩作家である太宰治と顔を合わせることになったのだ。

当時、太宰は文壇における人気作家のひとりだった。彼の作品に底流する退廃的な作風は戦後に至って色濃くなっており、それが時代の空気にも合っていた。そしてそんな太宰に会いたいという人物が、編集者の伝手《つて》を頼って太宰を練馬区桜台の自宅に招いて宴席を用意。その場に、太宰への批判を以前から公言していた三島も、当時はまだ大学生だったにも関わらず、面白そうだからと呼ばれていたのだという。

後に三島が書いたところによると、彼は太宰の文学から、厭世的でありながら文壇を意識した姿勢をみていたという。また、自分自身を戯画化してみせる作風にも、青森出身である太宰の田舎臭い野心を感じていた。そこで太宰と会った三島がとった行動は、面白半分で呼び出した周囲の予想を裏切るものだった。なんと彼は宴席の最中、面と向かって「僕は太宰さんの文学はきらいなんです」と言い放ったのだ。

このときすでに太宰は酔っぱらっており、この言葉を聞いても「そんなことを言ったたって、こうして来てるんだから、やっぱり好きなんだよな。なあ、やっぱり好きなんだ」（三島由紀夫「私の遍歴時代」）と周囲の人間と笑いながら話していたという。三島はこれをみていたたまれなくなり、その後すぐにこの宴席を後にした。

三島は太宰と会った後に川端康成とも知り合い、それ以来亡くなるまで交流していたのだが、出会って間もないころ、川端に宛てて書いた書簡のなかでも、太宰の「斜陽」について書いている。

> 太宰治氏「斜陽」第三回も感銘深く読みました。滅亡の抒事詩に近く、見事な芸術的完成が予見されます。しかしまだ予見されるにとどまつてをります。完成の一歩手前で崩れてしまひさうな太宰氏一流の妙な不安がまだこびりついてゐます。太宰氏の文学はけつして完璧にならないものなのでございませう。しかし抒事詩は絶対に完璧であらねばなりません。

三島由紀夫「川端康成宛ての書簡」（一九四七年十月八日付）

つねに文学のなかに自身の理想を求め、軟弱さを拒み続けた三島と、露悪的な姿勢が魅力でもあった太宰の文学とは水と油だったといえる。三島の太宰嫌いはその後も衰えることはなく、「小説家の休暇」という随筆では「太宰のもつてゐた性格的欠陥は、少なくともその半分が、冷水摩擦や規則的な生活で治される筈だつた」とさえ書いている。精神的な問題としての軟弱さを、身体を鍛え、「規則的な生活」を送ることで吹き飛ばそうとする、なんとも三島らしい考え方だといえるだろう。

左右を超えて結びつく、文学を通じた絆

三島の根底にあったのは完成されたもの、理想への欲求だった。そして、ある時期からは特に日本の伝統芸能などに傾倒しており、それが右翼的な思想とも結びついていたと考えられる。しかしその一方で、彼は新しい思想に批判的だったわけではなかった。

というのも、三島は共産党にも参加していた文学者、安部公房と交流を持っていたのだ。安部は三島と同様、死後ノーベル賞候補になっていたことが判明した日本人作家のひとりだが、詩人として出発し、前衛的な作風の小説で人気に。さらに演劇や映画にも進出し、どの分野でも、シュルレアリスムやアバンギャルドといわれる作風を中心に創作している。

そんなふたりが出会ったのは一九四九（昭和二十四）年、神田神保町にあった「ランボオ」という喫茶店だ。現在は「ミロンガ・ヌオーバ」（住所：東京都千代田区神田神保町一－三）という店になっているが、昼でも飲酒できることから、若手作家たちがよく集まっていたという。ふたりはここで行なわれたある文学同人の会合に参加していたようで、以来、彼らは度々文芸誌の座談会などでも同席し、熱い議論を交わしている。

三島　伝統の問題があるな。
安部　伝統はよそうや。
三島　安部公房のような伝統否定と、おれのような伝統主義者とが、どういうふうにケンカするかということは、おもしろいよ。
安部　おれも科学的伝統は幾分守っているからな。
三島　でも科学には、前の学説が否定されたら、どうやってやる？
安部　方法だよ。
三島　メトーデの伝統か。
安部　そうそう、事実というものはだね、科学のなかでは非常にもろいものだよね。だから好きなんだ、おれは、科学は。
三島　日本の伝統は、メトーデが絶対ないことを特色とする。

安部　それが伝統か。困ったな。

安部公房　三島由紀夫　対談「二十世紀の文学」

これは三島由紀夫が安部公房と交わした対談の一幕、「伝統」を語った場面だ。安部はその話を「よそうや」と退けようとしており、自らが守るのは「科学的伝統」くらいだと述べる。一方の三島は自称「伝統主義者」。意見が合わないのは必定だ。だからこそ三島もこの対談を、「ケンカする」などと表現をしたのだろう。

しかし実際のところ、このふたりの議論は終始和やかで楽しげに行なわれている。なぜ彼らはこれほど和気あいあいと話しているのか。その理由のひとつには、安部と三島とが同世代だということがある。彼らはともに、二十歳にして敗戦を経験しているのだ。三島は国内で、安部は満州で終戦を迎えたため、その後の道筋やみてきた世界は大きく異なっており、それが思想を分けた部分もあると考えられるが、少なくとも、ともに同じ時代をみている。

また、この対談のテーマとなったのは二十世紀、さらにその後に向けての「性」「言語」「伝統」「文学」など多岐にわたっている。そのなかで、彼らは数えきれないほどたくさんの思想家、文学者たちの名前を挙げている。こうした知識のすそ野の深さが、お互いへの理解にもつながっているのだろう。

ふたりは互いの家を親しく行き来するような関係ではなかったようだが、その交友は長く、三島が亡くなるまで続いていた。彼の死の三年前、一九六七（昭和四十二）年には、川端康成や石川淳といった作家たちと連名で、東京都千代田区の帝国ホテルにて、中国文化大革命に対する抗議声明を発表している。

この発表は中国で圧殺されている芸術、文学を守るように訴えるもの。思想的には溶け合うことがなかったはずのふたりが「文学」を守るという一点では共感し、ともに立ち上がっているのだ。センセーショナルな最期の事件の陰に隠れてはいるが、三島が生涯で成し遂げてきたその文学的功績は、決して消えることのない一種の金字塔となっている。

帝国ホテル

1890（明治23）年に創業した帝国ホテルは海外からの賓客を迎える「日本の迎賓館」としていまも健在。

京都千代田区内幸町1丁目1-1

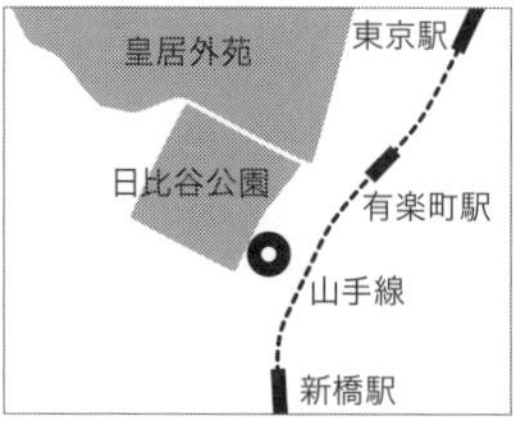

1923～1967年までの日本館

小林秀雄　「近代批評の父」は酔って水道橋駅ホームから転落

公私ともにお世話になった志賀直哉

昭和を中心に批評家として活躍した小林秀雄は「近代批評の父」として知られている。近代批評がひとつのジャンルとして確立された時代の立役者ともいうべき存在だ。彼は文学批評から出発しているが、文壇に出る以前から海外文学の翻訳なども手掛けていた。また、後年には音楽や美術などの批評も行なっており、その活躍は多岐にわたっている。

そんな小林の出世作のひとつが一九二九（昭和四）年に発表された「志賀直哉」だ。同年、この評論より先に「様々なる意匠」で一定の評価を受けていたが、同作は当時の文壇全体、文学の価値そのものについて論じたもの。小林のいわゆる文学批評としては、「志賀直哉」が出発点にあるといっていいだろう。この評論中では志賀の作品や作家としてのあり方を論じている。ただし、小林と志賀とのつながりはこうした文章上のものだけではなかった。彼は学生時代、一九二四（大正十三）年に一度、志賀と出会っている。小林は京都にいる親戚を訪ねた際、当時、京都府の山科に住んでいた志賀のもとを訪ねていたのだ。

また、彼らの関係はそれで終わらなかった。小林は後に、自身の人生に影響を与えるような重大な恋愛を経験する。そしてその結末として、同棲していた女性が病的なほどの潔癖症となってしまい、錯乱した彼女から「出ていけ」と怒鳴られる。

あの女には心情といふものが欠除してゐるのだ　全々欠除してゐるのだ、これは仲々わかる事ではない、俺だつてこの秘密を摑《つか》むまでづい分かゝつたのだ。
僕は殆んど人間には考へられない虐待を受けた、そして人間には考へられない忍耐をして来た、今思へば悪夢の様だ。

高見澤潤子「兄 小林秀雄」

当時小林がしたためた手紙や、友人たちの証言などをみると、確かに女性の行動は恐るべきものだった。何度も奇妙な質問を小林に向けて投げ続け、一度でも思ったものと違う答えがあると罵倒する、暴力をふるうといったことがあったようだ。小林はそれに耐えかねて出奔。彼らは東京都中野区周辺に住んでいたのだが、そこから関西まで移っている。
関西へと向かった彼が最初に訪ねたのは、京都に住む叔父のもとだったが、そこにも長く暮らすことはできず、続いて彼が頼ったのが志賀直哉だった。このころ志賀は奈良県の借家に暮らしており、小林は彼の周旋で県内の「江戸三」という旅館に住まわせてもらっていた。ここは小さな平屋の離れのように客室がいくつも分離して建っているだけ。当時の小林もそのひとつを借りていたのだろう。ここから度々志賀のもとを訪れていたという。小林が泊まったのがどの客室だったかは定かではないが、同宿自体が奈良公園のなかにあり、四季折々の景色が楽しめるきれいな宿だった。

その後、一九二九（昭和四）年に志賀は借家から自らが設計した奈良の家へと移ったのだが、こちらにも小林は度々訪ねている。この交流も、評論のイメージを生成するひとつの要素となっていたのだろう。この「志賀直哉」で小林は文壇での地位を確かなものとし、より精力的にさまざまな批評の執筆へと邁進していくことになった。

戦争と小林　「反省」への拒絶

「様々なる意匠」「志賀直哉」から出発し、雑誌『文學界』の編集委員を務めたり、ドストエフスキーの作品を論じたりと、さまざまな功績を打ち立てていった小林。日本が戦時体制に入ると、先輩作家だった横光利一や菊池寛などがそうだったように、彼も戦争に協力することになる。彼は文藝銃後運動の一環として一九三八（昭和十三）年ごろから、中国や朝鮮などを歴訪、各国の状況と戦場についてルポのような文章を

江戸三

奈良公園の中に草庵風の離れが点在し、窓を開ければ鹿がいるという。食事だけの利用も可能。

奈良県奈良市高畑町1167

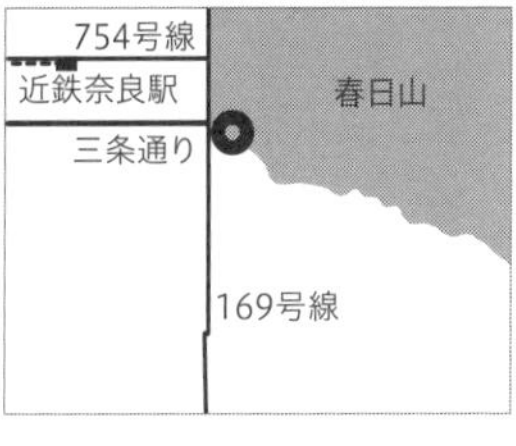

いくつも残した。しかし彼の場合、大陸を見て回ったことで、明らかに戦争や諸外国に向けられる視線が変化していく。

僕は歩き乍ら、やゝ感傷的になり、一方何かはつきりしない事をしきりに考へ込んでゐた。生活といふものの他何も目指さず、たゞひたすら生活する生活、目的などといふものを全く仮定しない生活、最後にさういふものにぶつかつて、どんな観念でも壊れて了ふのだ。何よりもさういうものが強いからだ。而もこの考へは果して陰気な考へだらうか。陰気? 陰気とは何んだ、そんな馬鹿な事はない。まあさう言つたあんばいに僕の頭は廻つてゐるらしかつた。

小林秀雄「蘇州」

こうした考えから、小林は「観念」ではなく「生活」へとすすむ。彼がそれまで論じてきたドストエフスキーの作品からの影響もあるのだろう、懸命に暮らす人々の「生活」に「イデオロギー」や「戦争」以上の強さをみたのだ。そのため、彼は一九四一（昭和十六）年の真珠湾攻撃に伴う太平洋戦争の開戦以来、徐々に執筆を減少。それどころか、終戦近い時期には、作品の発表もほとんどなく講演会なども行なっていなかったため、仲間たちからどうやって生活しているのだろうと心配されていたという。

小林は当時の自分の行動について、一九四六（昭和二十一）年の座談会でこのように語っている。

僕は政治的には無智な一国民として事変に処した。黙って処した。それについて今は何の後悔もしていない。（中略）僕は無智だから反省なぞしない、悧巧な奴はたんと反省してみるがいいじゃないか

「コメディ・リテレール――小林秀雄を囲んで」

一見すると開き直りにも読めるような発言だが、これが率直な小林の考えなのだろう。戦争協力をしたのも当時の彼が国から求められ、それが必要だったからしただけであり、その後そこから離れたのも、自分が戦争について語るものを持たなくなったから書かなくなっただけのことだ。また、戦争協力で中国へと向かった当初から彼は、「事変に黙って処する」と語っている。このぶれない姿勢こそ、小林の思想の強さの根幹を支えているのだろう。

酒席でも強かった、多彩なる天才

戦後の小林はさらに精力的に作品を発表し、文学を飛び出して美術や音楽などについても書くようになる。また、分野横断的な対談なども数多く行なっていた。なかでも異色といえるの

が、一九六五（昭和四十）年に『新潮』誌上に掲載されたもの。文化勲章を受賞した日本数学史上最大の数学者ともいわれる岡潔との対談「人間の建設」だ。これだけのビッグネームふたりの対談だがその内容は雑談的で、数学や文学といった枠組みを超えて、芸術、政治、哲学など、さまざまなところへと飛び回る。そのテーマのひとつに「酒」があった。

小林　岡さんはお酒がお好きですか。
岡　自分から飲まないのですけれども、お相伴に飲むことはあります。今日はいただきますよ。
小林　ぼくは酒のみでして、若いころはずいぶん飲んだのですよ。もう、そう飲めませんが、晩酌は必ずやります。

小林秀雄　岡潔「人間の建設」

この対談内ではあくまでも上品に酒、とくに日本酒の味について語っている。しかしじつのところ、若いころの彼は、味を云々するような上品さとはかけ離れたような酒にまつわるエピソードが数多く残っているのだ。
そのひとつが、戦後まもないころの水道橋駅での出来事。ひどく酔っぱらっていた彼は、なんと一升瓶を抱えたまま駅のホームから線路まで墜落してしまったという。これについては文壇でもそれなりに知られていたらしく、坂口安吾が随筆のなかで書いている。

去年、小林秀雄が水道橋のプラットホームから墜落して不思議な命を助かったという話をきいた。泥酔して一升ビンをぶらさげて酒ビンと一緒に墜落した由で、この話をきいた時は私の方が心細くなったものだ。

坂口安吾「教祖の文学――小林秀雄論――」

小林の酒乱エピソードはこのくらいならかわいいもので、酔って他人の家に上がり込んだり、暴力沙汰を起こして翌日に川端康成が一緒に謝りに行くなどといったこともあったという。小林は長く鎌倉に暮らしており、同じ鎌倉在住の川端とも親しかったのだ。とはいえ、先輩であり文壇の大御所でもある川端を謝罪につい てこさせていたと考えると、大それた話である。

こうした失態だけでなく、今であれば立派なアルコールハラスメントとして問題になっていそうな話も数多く残されている。

前に正座してかしこまっている水上さんに小林さんは、まあ楽にしろともいわず、

「お前この頃書いているものは、ありゃなんだい」

何やら作品の名を挙げて、

「うちの女房もひでえといってたぞ」

ということで延々のこき下ろし。

（中略）

最後はとうとう向こうの六人と私だけになってしまって、文春の社員も気をきかして立ち去り次の間で息を殺して聞き耳をたてている体たらくだ。見れば小林さんを中心にした鎌倉文士の間で一人正座したままの水上さんが、飛んでくる言葉の激しさに、ついに涙を流して何やら詫びている。

石原慎太郎「わが人生の時の人々」

これは石原慎太郎が書いた文学者時代の回顧録の一部。この酒乱劇が演じられたのは、築地の「新喜楽」という料亭だった。現在も残る純和風の老舗料亭だが（住所：東京都中央区築地四丁目六‐七）、わざわざこんなところで後輩を泣くほど責めなくてもよさそうなものだ。「水上さん」というのは、小林が文壇に引き上げた後輩作家・水上勉のこと。泣きながら詫びていると書かれているが、先輩が寄ってたかって作品をこき下ろすのでは、とてもじゃないが耐えられなかっただろう。ただし、小林は酒の席で暴力的になるのは確かだが、昔から一貫して文学については厳しい態度で品評していたともいわれている。先輩ではなく、ひとりの批評家としての厳しい目が、「近代批評の父」である彼の功績を作り上げていったのかもしれない。

第四章

中原中也と「無頼」の文豪

銀座のバーで坂口安吾にケンカをふっかける中原中也
（於：ウインザー　東京都中央区京橋東仲通り［骨董通り］）

人物相関図

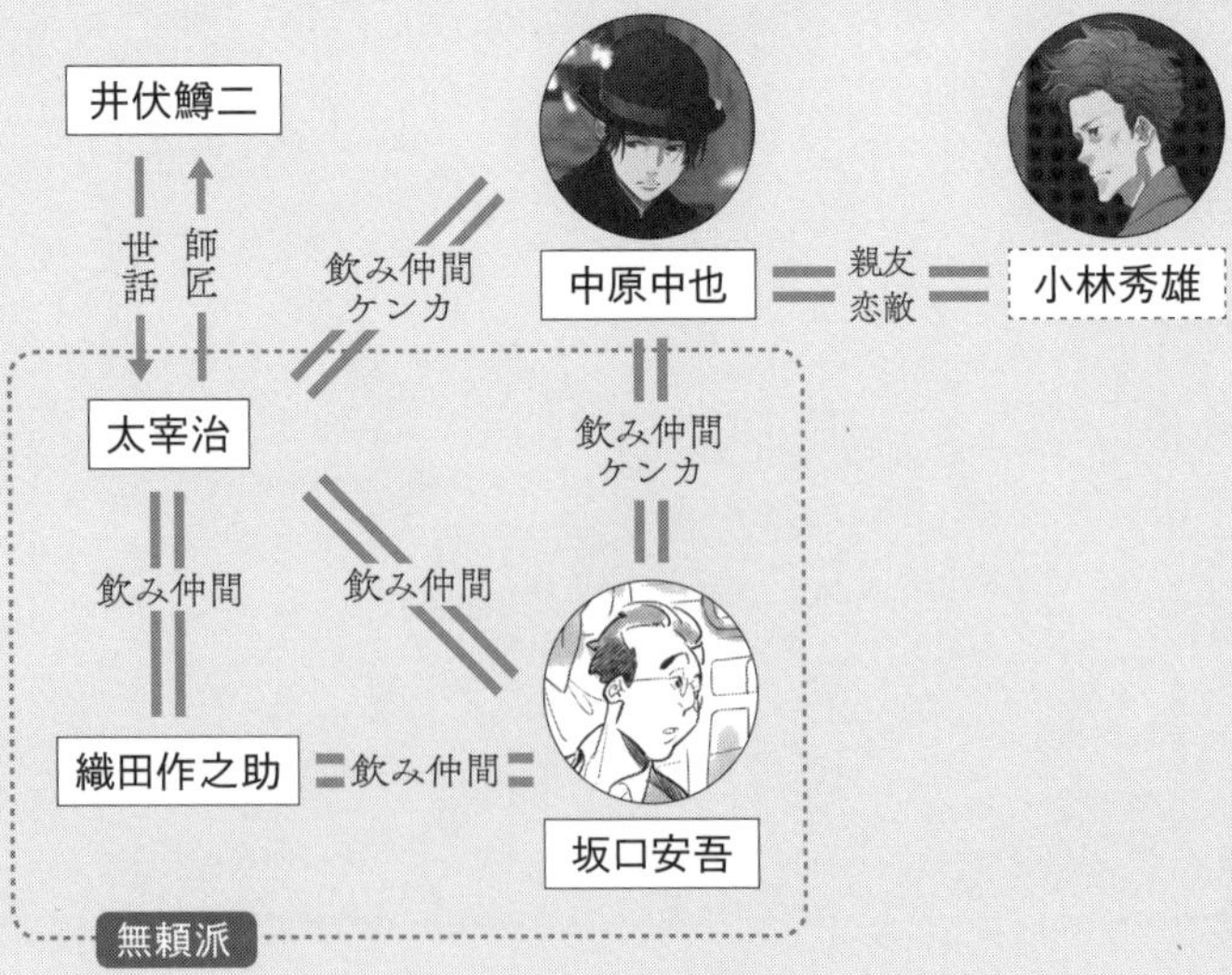

井伏鱒二
世話
師匠
太宰治
飲み仲間
ケンカ
中原中也
親友
恋敵
小林秀雄
飲み仲間
ケンカ
飲み仲間
飲み仲間
織田作之助
飲み仲間
坂口安吾
無頼派

中原中也　京都での出会い、鎌倉での別れ

京都での三つの出会い

「汚れっちまった悲しみに」などの詩で知られる詩人、中原中也。山口県出身だった彼は、父が医師で教育熱心だったこともあって、幼少期は成績優秀だった。山口中学にも上位の成績で入学し将来を期待されていたのだが、読書に耽溺し、親にかくれて歌会などにも参加しはじめる。そこから飲酒や喫煙なども覚え、気付けば「不良」の烙印を押され、三年時には落第となってしまった。中也はこのことから山口中学にはいたくないと考え、一九二三（大正十二）年、京都府の上京区、岡崎西福ノ川へと転居、立命館中学（住所：長岡京市調子一丁目一‐一）へと転入している。

彼は、この京都で三つの大きな出会いを経験する。そのひとつが、「ダダイズム」と呼ばれる思想だ。これは彼の詩作に大きな影響を与えた。ダダイズムは既成の常識を否定し、攻撃するといった特徴を持つ美術思想。日本の詩歌では高橋新吉の詩集『ダダイスト新吉の詩』がその始まりであり、中也もこれを読んで影響を受けたと考えられる。しかし彼自身は新吉の詩を読む前に自らダダイズムを発見しており、実際には名前を借りただけだと語っていたという。

もうひとつは友人、富永太郎との出会い。中也よりも六つ年長の詩人で、京都に滞在してい

る間に親しくなり、毎日のように中也の家に通ったという。しかしある日彼は喀血し、医師の診断を受けるために十二月に東京へと戻った。結核にかかっていたのだが、その後中也が上京してからも、富永が亡くなるまで交遊が続いた。

最後の出会いは、彼の人生に長く影を落とした恋人、長谷川泰子だ。彼女は三歳年上の女優だった。

中原中也にはじめて会ったのは、京都の表現座という劇団の稽古場でした。大正十二年末だったと思います。

私はそこの劇団員になって、「有島武郎、死とその前後」という芝居の台本読みをしていた頃でした。そこに中原はあらわれたんです。

中原は薄暗い稽古場の椅子にチョコンと坐って、私たちの練習風景をみていました。はじめは気にとめるというほどではなく、小さな中学生だなと思う程度でした。

誰かと話するついでに、中原は私にも声をかけてきました。話題は、すぐ詩のことになって、これがダダの詩だよ、とノートを見せてくれたりしました。

(中略)

「おもしろいじゃないの」

私がそういうと、あの人は自分の詩を理解してもらえたと思ったのか、身を乗り出してきました。

長谷川泰子「中原中也との愛 ゆきてかへらぬ」

この出会いのあと、ふたりは交際を始め、京都で下宿を移りながら同棲している。彼らが住んだ下宿のうち、いまも残っているのは京都市上京区寺町にある小さな建物だけ。二階には掃きだし窓がひとつついており、中也はそれを「スペイン風」だと自慢していたという。建物のなかは公開などされていないが、その周辺について中也は一九三七（昭和十二）年の「ゆきてかへらぬ　――京都――」という詩のなかで書いている。


僕は此の世の果てにゐた。陽は温暖に降り洒《そそ》ぎ、風は花々揺《ゆす》つてゐた。

木橋の、埃りは終日、沈黙し、ポストは終日赫々《あかあか》と、風車を付けた乳母車、いつも街上に停《とま》つてゐた。

棲む人達は子供等は、街上に見えず、僕に一人の縁者《みより》なく、風信機《かざみ》の上の空の色、時々見るのが仕事であつた。

（中略）

林の中には、世にも不思議な公園があつて、無気味な程にもにこやかな、女や子供、男達散歩してゐて、僕に分らぬ言語を話し、僕に分らぬ感情を、表情してゐた。

さてその空には銀色に、蜘蛛の巣が光り輝いてゐた。

中原中也「ゆきてかへらぬ　――京都――」

具体的な地名などは出ないが、彼の京都での暮らしや、そのころの故郷を離れて寄る辺もない、寂寞とした思いを感じさせる詩になっている。これを片手に周辺を散策するのも面白いだろう。こうした出会いの後、中也は立命館中学を卒業し上京する。その傍らには、恋人である長谷川泰子の姿があったのだが、彼女の存在はその後、彼の生涯に思わぬ暗い影を落とすことになる。

太宰、中也、檀一雄の乱闘騒ぎ

中也の書く詩は、「汚れっちまった悲しみに」を収録した『山羊の歌』や、「愛する者が死んだときには、自殺しなけあなりません」という衝撃的な言葉から始まる「春日狂想」を含む、幼くして亡くなった愛する我が子に書いたという詩集『在りし日の歌　亡き児文也の霊に捧ぐ』など、先ほどの「ゆきてかへらぬ　――京都――」も含め、哀切なものが多い。また、彼自身が結核のために夭折したことなども広く知られているため、報われない、悲哀の詩人としてのイメージが強く根付いている。

しかしながら、彼のことを直接知る友人たちは、こうした印象と正反対の姿も伝えている。

彼は恐ろしい「酒乱」だったのだ。

僕が中原にはじめて会ったのは、昭和三年の二月か三月だから、三十年以上前になる。僕は成城高校の二年の三学期、今の勘定で行くと、十八歳の終り頃、中原は二十歳の終りだった。

二人共もう酒を飲みはじめていたが、中原は酒はまあ味噌っかすに近かった。一合ぐらいで、あの小さな体にアルコールが行きわたって来るのが、透けて見えるような工合だった。色はまあ白い方だし、薄い皮膚がすぐ桜色に染まって行く、と書くとひどくいい男みたいな描写になるが、眼はとっくに据わってるし、口から悪口雑言が出はじめているので、全然女にもてる酒じゃなかった。

大岡昇平「中原中也の酒」

これは中也と親しかった作家、大岡昇平の言葉だ。酒を飲まないときの中也は非常に大人しい男で、ケンカするようなこともまったくなかったという。しかし酒には弱く、少しでも入ると隣のテーブルの人でも誰でも好き放題に突っかかり、暴言をぶつけてケンカを始めていた。上京直後に親しくなった小林秀雄や、彼が参加していた同人のメンバーたちとも、浅草馬道にある「老松」という待合などを行きつけにしており、よく飲みに出ていたという。しかし酒に強い仲間たちが杯を片手に夜通し議論しているなか、中也はすぐに酔ってわけがわからなくなるため、小林らは彼を置いて別の店に移ってしまうということも度々だったようだ。

中也はひどいときには暴力沙汰に至ることもあったようで、太宰治や檀一雄といった文人たちと、荻窪駅北口、青梅街道沿いにあった「おかめ」というおでん屋（住所：東京都杉並区上荻一丁目四‐六あたり）で飲んだときには、ひどい狂態を演じている。


初めのうちは、太宰と中原は、いかにも睦まじ気に話し合っていたが、酔が廻るにつれて、例の凄絶な、中原の搦みになり、

「はい」「そうは思わない」などと、太宰はしきりに中原の鋭鋒を、さけていた。しかし、中原を尊敬していただけに、いつのまにかその声は例の、甘くたるんだような響きになる。

「あい。そうかしら？」そんなふうに聞えてくる。

「何だ、おめえは。青鯖が空に浮んだような顔をしやがって。全体、おめえは何の花が好きだい？」

太宰は閉口して、泣き出しそうな顔だった。

「ええ？　何だいおめえの好きな花は」

まるで断崖から飛び降りるような思いつめた表情で、しかし甘ったるい、今にも泣きだしそうな声で、とぎれとぎれに太宰は云った。

「モ、モ、ノ、ハ、ナ」云い終って、例の愛情、不信、含羞、拒絶何とも云えないような、くしゃくしゃな悲しいうす笑いを泛べながら、しばらくじっと、中原の顔をみつめていた。

「チエッ、だからおめえは」と中原の声が、肝に顫《ふる》うようだった。

檀一雄「小説　太宰治」

このあと、気がつくと彼らは揃って乱闘騒ぎになっており、店のガラス戸は割れ、檀は草野[*1]心平の髪を掴みながら取っ組み合いをしていたという。さらに檀はそこから路地に出て丸太を構え、中也や心平が来たら「一撃の下に脳天を割る」とまで思っていた。幸いそのまま彼らは顔を合わせずに別れたため、そこで喧嘩は終わっていたが、最悪の場合、ケンカがそのまま殺人事件にまで発展していたかもしれない。

しかしこれで彼らの関係は切れたわけではなく、別の機会では中也が深夜の酒席から逃げるように帰宅した太宰を追いかけて家まで訪ね、戸口の前で大騒ぎをした。壇はそんな中也を抑えて、雪道に引きずり出したが、中也はそれで収まらず、今度は壇に食ってかかる。しかし中也は体が小さく力も弱かったため、壇は彼を引きはがし、雪の上に投げ飛ばしたという。中也はこれに対して「わかったよ。おめえは強え」と恨めしそうにいい、ふたりで娼家に値切って一晩泊まり、夜が明けると馴染みの評論家の家を訪ねたそうだ。

＊1　一九〇三－一九八八年、現・福島県いわき市小川町出身。詩人。「第百階級」などの代表作があり、生涯にわたって蛙をテーマに詩を書いた。

このように、太宰は中也と酒を飲んでろくな目に合っていない。そのせいもあってか、彼らが個人的に飲みに行ったのは、少なくとも壇が知る限りはわずかに二回だけ。太宰はもともと中也を詩人として尊敬しており、一緒に『青い花』という同人雑誌を作っていたが、太宰はある時期から、付き合いきれないと中也を拒絶するようになったのだ。しかし、中也の死後には「死んだ。死んで見ると、やっぱり中原だ、ねえ。段違いだ。立原は死んで天才ということになっているが、君どう思う？　皆目つまらんねえ」と壇に語っている。太宰と中也との関係は、敬意と嫌悪の入り混じった複雑なものだったといえるだろう。

小林秀雄との不可思議な三角関係と、鎌倉での和解

本来、中也が上京したのは大学受験のためだった。しかし彼は上京後間もなく東京に住む知り合いを訪ね、替え玉受験を頼んでいる。さらにそれから数日間は浅草や銀座を散策して酒を飲み、玉突きをして遊び歩いていた。とても受験生の行動とは思えず、彼自身は進学して勉強しようという意志はなかったことがわかる。

中也が、生涯の友となる小林秀雄と出会ったのもこのころだ。彼は友人である富永の紹介状を持って小林を訪ねている。小林は中也の第一印象を「未熟な果実の不潔さ」と語っており、よい印象は抱かなかったようだが、じきに泰子を含めた三人で親交を深め、互いの家を行き来しては杯を酌み交わす仲になった。

しかしあるとき、小林は泰子とふたりで中也の家への道を歩きながら、彼女に対して自分のすべてをかけて惚れているのだと言い寄り、中也を捨てて自分の下に来るようにと迫る。そして、自分と一緒に、大島へと旅行についてきて欲しいと告げる。しかし煮え切らない態度を示す泰子に対し、小林はさらに強引に答えを求め、自分と中也のどちらを選ぶかと尋ねて待ち合わせ場所を伝えた。

泰子はその場では「きめられない」と嘆き、返事はせず。そのまま小林が明後日に会おうと予定を決めてその場は別れた。その後、結局泰子は待ち合わせ場所には現れず、小林は失意のなかひとりで旅に出ている。ところがその旅行から戻った小林は盲腸炎を発症して入院してしまう。そこで泰子が看病したところから、ふたりの仲は深まり、同棲するに至ったという。

中也はこのことに対して怒り、彼らを叱責することもできたはずだ。しかし彼はそうはしなかった。それどころか、自分の下を去ろうとしている泰子の荷物をわざわざ小林の家へ運んでまでいる。

私はほんとに馬鹿だつたのかもしれない。私の女を私から奪略した男の所へ、女が行くといふ日、実は私もその日家を変へたのだが、自分の荷物だけ運送屋に渡してしまふと、女の荷物の片附けを手助けしてやり、おまけに車に載せがたいワレ物の女一人で持ちきれない分を、私の敵の男が借りて待つてゐる家まで届けてやつたりした。

このときの経験から、中也は自分が「口惜しき人」になったと語る。しかしながら彼はその後も泰子と交流を持っており、小林が泰子のもとを去って関西に奔走したときには、小林を捜し回っている。それどころか、その後泰子が別の人物との間に子供を授かると、彼女を気遣い、その子の世話までしていたという。しかし彼は泰子と復縁することなく、一九三三（昭和八）年には母から紹介されて遠縁の女性と見合いをし、結婚。つねに実家からの提案には不平を漏らしていた中也が、なぜかこのときは従順だった。その後、妻を連れて上京し、翌年には長男・文也を授かる。

しかし文也は一九三六（昭和十一）年、わずか二歳にして病死。中也は文也を溺愛していたため、位牌のそばを離れられないほど悲しみ、精神を病んでしまう。翌年には家族のすすめで療養所に入ったが、退所後も暴れることがあったため、息子の思い出から逃れるためにと、「寿福寺」（住所：神奈川県鎌倉市扇ヶ谷一丁目十七‐七）の境内に建てられた、小さな家へと転居している。この建物はすでに残っていないが、「春日狂想」が書かれたのもここだった。

中也と小林が和解を遂げたのはこの転居後、一九三七（昭和十二）年の四月のこと。彼らは鎌倉にある妙本寺という寺で落ちあっている。

晩春の暮方、二人は石に腰掛け、海棠の散るのを見ていた。花びらは死んだ様な空気の中を、まつ直ぐに間断なく、落ちていた。（中略）驚くべき美術、危険な誘惑だ、俺達にはもう駄目だが、若い男や女は、どんな飛んでもない考えか、愚行を挑発されるだろう。花びらの運動は果しなく、見入っていると切りがなく、私は、急に厭な気持ちになって来た。我慢が出来なくなって来た。その時、黙って見ていた中原が、突然「もういいよ、帰ろうよ」と言った。私はハッとして立上り、動揺する心の中で忙し気に言葉を求めた。「お前は、相変らずの千里眼だよ」と私は吐き出す様に応じた。彼は、いつもする道化た様な笑いをしてみせた。

小林秀雄「中原中也の想い出」

彼らの間に、謝罪の言葉などはなかった。ただふたりで舞い散る花びらを眺め、「もういい」という一言を得たことで、和解している。このあと、ふたりは鶴岡八幡宮の茶店に寄っ

妙本寺
中也と小林が見た海棠は枯死しており、現代は3代目の海棠だという。当時中也が住んでいたところから妙本寺はおおよそ20分ほどの距離にあった。
神奈川県鎌倉市大町1丁目15-1

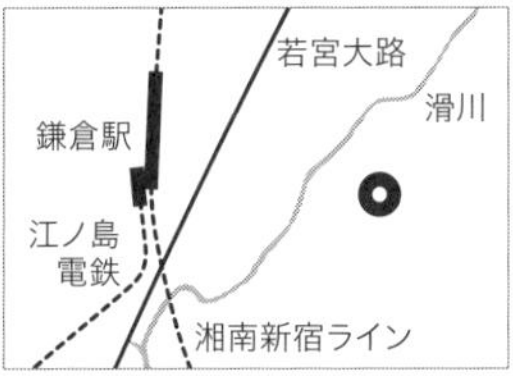

てビールを飲み、あれこれと語り合い、追い立てられるように店を後にしたという。

それからというもの、中也と小林、そしてその妻たちとの間でも交流が始まった。ともに鎌倉に住んでいることもあり、度々互いの家を訪ねていたようだ。しかしこの和解のわずか半年後、十月五日に中也は鎌倉駅前で倒れて入院。結核性の脳膜炎で、二十二日に亡くなっている。享年三十歳、早すぎる死は多くの仲間たちを悲しませた。当時の評価は高くなく『新潮』などではまるでその死にふれられていなかったようだが、死後徐々に評価が高まり、戦後には大岡昇平が編集に携わった『中原中也詩集』も出版された。こうして日本中で愛される哀しき詩人が生まれたのだ。

太宰治　三鷹に眠る無頼の魂

「晩年」から始まった、退廃と無頼の作家

撰ばれてあることの
恍惚と不安と
二つわれにあり
――ヴェルレエヌ

太宰治「葉」

これは、文豪・太宰治が初めて刊行した短編集『晩年』の最初の一編「葉」の冒頭だ。フランスの詩人、ポール・ヴェルレーヌの詩の引用であり、当時の太宰の心境を表したものだと考えられる。さらにこの短編は、引用の直後に「死のうと思っていた」という言葉に続き、彼がそれまでに書いてきた作品から印象的な部分を抜き出し、配列し直して作られている。

『晩年』が出版されたのは一九三六（昭和十一）年のこと。当時太宰は二十七歳であり、前途洋々たる青年といっていい年齢だった。しかし、初めての作品集に『晩年』というタイトルをつけるところに、ある種の「太宰らしさ」がある。

「晩年」は、私の最初の小説集なのです。もう、これが、私の唯一の遺著になるだろうと思いましたから、題も、「晩年」として置いたのです。

読んで面白い小説も、二、三ありますから、おひまの折に読んでみて下さい。

私の小説を、読んだところで、あなたの生活が、ちっとも楽になりません。ちっとも偉くなりません。なんにもなりません。だから、私は、あまり、おすすめできません。

太宰治「『晩年』に就いて」

これは自ら『晩年』について書いた随筆の一部。なんとも後ろ向きな言葉を並べ、自身の最初の作品集を「遺著」とまで書いている。だが確かに、この「遺著」を出版するまでの二十七年間の彼の人生は、そう書きたくなるほどに波乱万丈で苦しいものだった。

太宰が生まれたのは、青森県の五所川原市金木町だ。実家は多くの小作農を抱える地主であり名家だった。彼の生家は現在も残されており、「斜陽館」という名前で太宰の記念館（住所：青森県五所川原市金木町朝日山四一二‐一）になっている。自身の半生を記した自伝的小説「人間失格」や青森の旅行記「津軽」をはじめ、いくつかの作品でこの土地やそこでの生活について書いているが、この立派な建物をみるだけでも、当時の彼の実家がどんな家だったかうかがい知ることができるだろう。

じつは太宰にとって、この「生まれ」も、ある種の罪悪感の種となっている。学生時代の太宰は左翼運動、簡単にいえば、労働者のための政治運動に参加し、資金や活動場所を提供していた。しかし彼の実家は、左翼にとって倒すべき「資産家階級」だ。太宰は高校生のころに、「私は賤民ではなかった。ギロチンにかかる役のほうであった」と嘆いて自殺まで図っている。

高校卒業後に上京するが、そこでも左翼活動は続けており、実家ではこのことが問題となっていた。また、地元青森から小山初代という恋人を連れてきており、結婚を望んでいたが、その女性が芸者であることから家族が反対。こうした問題に頭を悩まされ続けていたという。

そして太宰はなんと上京したその年の暮れに、この恋人とは別の女性、銀座三丁目四番地付近にあったというバー「ホリウッド」の女給、田部シメ子と、鎌倉の海で心中を試みる。これは失敗に終わり、太宰は生き延びたのだが、相手の女性は死亡した。この事件は彼の代表作「人間失格」でも、「ツネ子」という女性を相手として描かれている。

この一九三〇（昭和五）年には、実家分家からの除籍と交換に初代と結納を結び、仮の祝言を挙げる。そして二年後には左翼運動からも離脱。実家とは「今後は問題を起こさずに大学を卒業する」旨の約束を交わし、毎月の仕送りを受けることになる。こうしていよいよ学業や作品の創作に専念するかのように思われたのだが、学校はうまくいかずに留年し、このままでは仕送りを絶たれるかもと受けた就職試験も不合格になる。そして一九三五（昭和十）年、またも鎌倉、鶴岡八幡宮の付近で首つり自殺未遂を起こしてしまう。さらに同年中には腹膜炎にかかり、治療のために使われたパビナールから薬物中毒に陥った。

『晩年』が発刊されたのは、まさにこの中毒に苦しんでいる時期だ。同書発売後も症状は悪化の一途をたどり、発刊のわずか四カ月後には井伏鱒二や家族から半ば強制的に精神病院への入院を迫られている。彼が収められたのは東京武蔵野病院。現在も東京都板橋区小茂根四丁目十一 - 十一にある、精神科を中心とした大規模な病院だ。太宰はこの入院を結核の療養と考えていたらしく、後に自分は井伏たちにだまされて入ったのだと回想していたという。

熱海で生まれた友情物語「走れメロス」

『晩年』の収録作品を執筆していたころ、太宰にとってその後の人生を通じて続くある友人ができた。それが、後に同じ無頼派の作家に数えられることになる檀一雄だ。彼らは共通の友人の紹介で顔を合わせたのだが、檀が太宰の作品を読んで惚れ込んだことから交友がスタート。檀を通じて詩人・中原中也とも知り合い、ともに『青い花』という同人雑誌を始めている。

当時まだ東大生だった太宰にとって、彼らは度々飲み歩く「悪友」だった。そしてそんな彼らの交流が、太宰の代表的なある作品にも大きく影響している。その作品とは、教科書などでもなじみ深い「走れメロス」だ。

精神病棟を出たあと、太宰は執筆のためにと宿をとって熱海に滞在したことがあった。しかし彼はそこで暮らすうちに資金を使い果たしてしまい、自宅の妻へと連絡。彼女は檀を呼び、太宰のもとへと金を届けてくれと頼んだ。檀はこれを快諾し、太宰が泊まっていた「村上旅館」

という、熱海の海岸付近にある小さな宿へと向かった。この宿は現在廃業しているが、建物は当時のまま残されており、すぐ目の前にある松は「太宰治の松」と呼ばれ、愛されているという。

太宰は金を受け取ると、「返すんでね」と言いながら檀と一緒になじみの店へと移動。彼はそこで溜っていた支払いを済ませ、そのまま東京に戻るのかと思ったのだが、なんと太宰は檀から受け取った金で飲み食いを始めてしまう。しかも、檀もそのまま一緒に飲み始め、別の店へと移り、高級な天ぷら屋にも入り、自棄になったように無一文になるまで飲み歩いている。

私はさっと青ざめたが、さすがに太宰の血の気も失せてゆくようだった。しかし、一度断崖をすべり落ちてしまうと、太宰も私も、居直るたちだ。もう太宰のふところは、五十円未満しか残っていない。（中略）宿泊料を合せると、到底太宰のふところでは、済まぬことだと観念した。

村上旅館

旅館八島館にいた太宰はこの旅館を追い出され、村上旅館へ移った。そこで檀との一件があり、「走れメロス」を生んだ。

静岡県熱海市中央町12−11

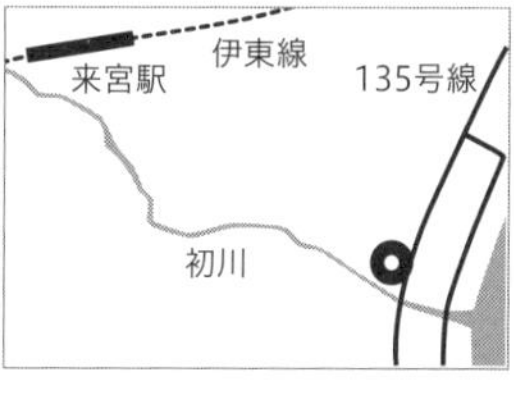

その後、数日にわたって遊び惚けた後、太宰は突然「菊池寛の処に行ってくる」と檀に留守番を頼んで帰京。檀は村上旅館の主人に見張られながら宿で待った。しかし何日待っても太宰からは何の便りもなく、しびれを切らした檀と宿屋の主人はともに東京へ。自宅にはいなかったが、檀はすぐに「井伏さんのところさ」と主人を連れて井伏の家に行く。すると、なんと太宰は井伏とともに将棋を打っていた。檀は怒り心頭で食ってかかったが、太宰はおどおどと慌てながら弁明。小さな声で「待つ身が辛いかね、待たせる身が辛いかね」と述べたという。

その場は井伏が仲裁し、後日、檀は井伏に伴われて再び熱海へ向かい、どうにか工面した金で、ツケをまとめて支払った。この檀を置き去りにした事件が、「走れメロス」のもとになっている。太宰を信じて熱海に待つことになった檀がセリヌンティウス、必ず戻るからと彼を置いて去った太宰がメロスというわけだ。ただし作品と現実が異なるのは、太宰はそのまま戻ることがなかったということ。これだけの裏切りを受けても、友人であり続けた忍耐強さがあればこそ、檀は太宰の終生の友となれたのだろう。

志賀直哉、川端康成との「対決」

太宰の「聖地」を考えると、欠かすことができないのが東京都三鷹市だ。彼は『晩年』発売後、精神病院から退院すると、今度は妻から不貞を告白され、無理心中（未遂）を経て離婚。その後井伏の紹介で再婚し、妻である石原美知子の実家、山梨県甲府市への転居を経て、東京府北多摩郡三鷹村下連雀へと移住している（旧居は、現在の三鷹市下連雀二‐十四だった）。ここに住み始めたころの太宰は、周囲の協力や幸福な結婚生活もあってか精神的にも安定し、暮らしぶりも穏やかだった。「走れメロス」などを書いたのもここに住んでいたころだ。

また、彼が最後のときを迎えたのもこの地域だった。太宰は戦争の激化に伴って、兄夫婦が暮らしていた新居の離れ（住所：青森県五所川原市金木町朝日山三一七‐九）を借りて疎開していたのだが、終戦後は再び三鷹の家へ。しかし帰京後の生活ぶりは一転し、荒れた世相を映すかのように、またも酒におぼれて飲み歩く退廃的な日々を過ごすようになった。

そのころの太宰は、度々「みんなが寄ってたかって自分をいじめる」と漏らしていた。もちろんそれは事実ではなく、檀や井伏などのように、多くの人々が彼を気遣っていたはずなのだが、精神的に余裕がなくなっていたのか、文壇で幅を利かせて徒党を組んでいるような「大家」たちに対してこのようなイメージを抱いていたのだ。そんな「大家」の象徴的な存在と目されていたのが、「小説の神様」志賀直哉。彼は晩年の太宰とある論争を繰り広げている。

始まりは一九四八（昭和二十三）年、同人誌『文学行動』の討論会でのこと。参加していた志賀が太宰について尋ねられ、「年の若い人には好いだろうが僕は嫌いだ。とぼけて居るね。あのポーズが好きになれない」と答えたのだ。太宰はこの言葉に強く反発し、「如是我聞」という随筆連載で志賀を「老大家」と呼びつつ、批判を展開する。

私は、或る「老大家」の小説を読んでみた。何のことはない、周囲のごひいきのお好みに応じた表情を、キッとなって構えて見せているだけであった。軽薄も極まっているのであるが、馬鹿者は、それを「立派」と言い、「潔癖」と言い、ひどい者は、「貴族的」なぞと言ってあがめているようである。

太宰治「如是我聞」

一方の志賀は反論文など発表しなかったものの、別の座談会などで太宰について尋ねられては作品批判を展開。愛人だった太田静子の日記を下敷きにした「斜陽」についても、「大衆小説の蕪雑《ぶざつ》さがある」などと述べた。また、作中の主人公は華族の出身とされながら、その敬語が庶民的である点はおかしいと語っている。これを受けた太宰は続く連載でさらに熱を上げ、今度は志賀の名前を挙げ真っ向から対決。「アマ

禅林寺

太宰のゆかりの地として外せない三鷹に、彼の墓はある。ここには森鷗外の墓もあることで有名で、生前太宰は彼の近くに墓を建てることを望んでいた。

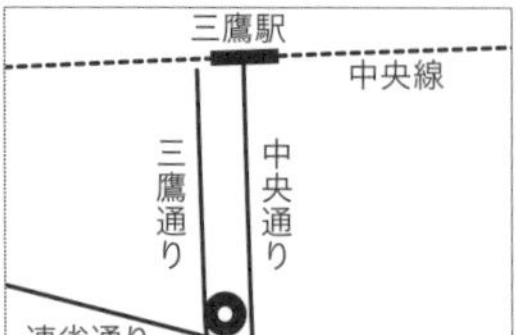

東京都三鷹市下連雀4丁目18-20

チュア」「成金」と呼び、痛罵した。

さらに第四回では「太宰などお殺せなさいますの?」と、志賀の「うさぎ」という作品中で登場した「お殺せなさいますの?」という奇妙な敬語を引き合いに出し、自分の敬語を批判した志賀に仕返しをして締めくくっている。論争というよりは言い争いやケンカのようなやり取りだ。

ちなみに太宰はこの十三年前、一九三五(昭和十)年にも芥川賞の選評を巡って川端康成と同じような対決を演じていた。太宰は学生時代から芥川の大ファンだったこともあり、同賞の受賞を熱望していたのだが、選考委員だった川端は太宰の「逆行」を「私見によれば、作者目下の生活に厭な雲ありて、才能の素直に発せざる憾《うら》みあった」と評価。これを受けた太宰は大いに怒り、『文藝通信』誌上で反論を展開したのだ。

私は憤怒に燃えた。幾夜も寝苦しい思ひをした。

小鳥を飼ひ、舞踏を見るのがそんなに立派な生活なのか。刺す。さうも思つた。大悪党だと思つた。

太宰治「川端康成へ」

しかし川端は間もなく「太宰治氏へ芥川賞について」という文章を発表。反論するのではなく「根も葉もない妄想や邪推はせぬがよい（中略）『生活に嫌な雲云々』も不遜の暴言であるならば、潔く取り消す」と、極めて大人な先輩らしい返事を送った。その後は太宰も『晩年』発売時に手紙を添えて献本するなど、わだかまりはなくなっている。

志賀が川端と違ったのは、太宰の非難にまともに取り合わなかったこと。反論を遠回しにしたために、かえって太宰をヒートアップさせた。そしてこの論争はその後、後味の悪い結末を迎えることになる。「如是我聞」連載中だった太宰が玉川上水で投身自殺を遂げ、決着をつけないままに世を去ってしまったのだ。彼が身を投げたとされる場所は、東京都三鷹市下連雀三丁目六‐五四のあたり。ここには現在、直接的な情報を記した碑などは残されていないが、彼の故郷である青森県金木町産の玉鹿石がその証として置かれている。

志賀は太宰の死後、追悼文を発表した。そのなかで志賀は、じつはほとんど太宰の作品は読んだことがなく、読んだものも詳細は忘れており、漠然とした印象から批判を述べたのだと書いた。そして、自らの言葉も彼を追い詰めていたのかもしれないとも考えたが、やはり心身の不健康が自殺を招いたのだろうと述べる。そのうえで、個人的に知り合う機会のなかったことを惜しみ、知っていれば徹底的な療養をすすめただろうと書いた。

もし太宰が生きて志賀との論争を続けていたら、どこまで争っていたのだろうか。不謹慎ながらひとりの読者として、このケンカの続きをぜひとも読んでみたかったと考えてしまう。

井伏鱒二　後輩思いで知られる阿佐ヶ谷文士村のボス

広島に生まれ、広島のことを書いた

井伏鱒二は「山椒魚」「黒い雨」などでも知られ、文化勲章も受賞した文豪だ。一八九八（明治三十一）年に広島に生まれて地元に育ち、早稲田大学文学部仏文学科に進学。在学中の井伏は、純粋な文学青年らしく文士に対して強い憧れを抱いており、明治初期に活躍した坪内逍遥の授業にも参加している。また、友人に連れられて現役の作家の自宅を訪ねることもあった。

私は謂はば心をこめて文士岩野泡鳴氏に面会を求めた。そして岩野さんの言語動作は文士なるべきものの手本であると思つた。岩野さんが長唄をうたへば私も長唄を習ってみやうかと考へた。岩野さんが花をひいて夜ふかしすると、私も花をひく相手を見つけやうと思つた。

井伏鱒二「初めて逢つた文士」

彼が初めて知り合った文士、岩野泡鳴[*1]は井伏の大学在学中に四十七歳の若さで逝去。井伏は

*1　一八七三－一九二〇年、現・兵庫県洲本市生まれ。詩人・小説家。新体詩人から自然主義作家に転身した。代表作に「耽溺」などがある。

結局一度しか顔を合わせることはできなかったが、葬儀にも参列している。しかし当時、泡鳴が参加していた同人誌では早稲田大学のある教授を批判していた。そして泡鳴との関わりがきっかけとなって井伏は批判されていた教授と衝突。一時休学し、そのまま中退することになる。

大学を出た井伏は同人誌に参加して作品を発表。なかなか大きな評価を得る作品は発表できなかったが、一九三八（昭和十三）年に「ジョン萬次郎漂流記」で直木賞を受賞。小林秀雄が編集を務めた雑誌『文學界』にも参加している。その後も順調に作品を発表し、文学者として活躍、多くの文学者たちと交流した。戦後には「黒い雨」を発表し、一九六六（昭和四十一）年に野間文芸賞を受賞、同年に文化勲章を受け、一九九三（平成五）年に九十五歳で亡くなっている。

井伏の創作を知るうえで、故郷、広島での経験は欠かすことができない重要な要素のひとつだ。彼が生まれたのは広島県深安郡加茂村粟根八九番地（現在の福山市加茂町）。生家は今も残され、親族が暮らしている。代表作として名高い「山椒魚」にも、広島時代の経験の影響があった。同作は大学卒業後、一九二三（大正十二）年に同人誌『世紀』に発表した「幽閉」の改題作。岩陰に隠れて餌をとっていたら成長して出られなくなってしまった山椒魚と、その岩陰に迷い込み、閉じ込められる蛙の物語だ。じつはこの作品のアイデアには、井伏が中学時代にみた山椒魚の思い出が反映されている。

彼が通っていた広島県の福山中学（現・福山誠之館高等学校）には、老年で気難しい先生の飼っている山椒魚がおり、本当は禁止されていたが、その山椒魚に蛙を食べさせるのが井伏は好きだった。「蛙に食いついたら雷が鳴っても放さない」という山椒魚の餌を食べる様子が印象に残っており、それを創作に生かしたという。

　早稲田の文科に入つて習作時代のころ、山椒魚を主題にし空想で短篇を書いた。無論、宮原と連れだつてよく蛙を与へた山椒魚の図体や、のつそりとしてユーモラスなところを意識に入れながら書いた。

井伏鱒二「半生記」

　さらに典型的なのは、広島の原爆被害を描いた「黒い雨」だ。同郷の知人が一九四五（昭和二十）年以来書き残していた「被爆日誌」を託された井伏は、それをもとにして原稿を執筆。『新潮』誌上に連載した。広島県神石郡神石高原町の小畠という山間の町にあるつつじが丘公園には、地元の有志によって作られた「黒い雨文学碑」が残され、次の言葉が刻まれている。

戦争はいやだ
勝敗はどちらでもいい
早く済みさえすればいい

いわゆる正義の
戦争よりも
不正義の
平和の方がいい

井伏鱒二「黒い雨」

先述のようにこの作品は野間文芸賞を受賞するのだが、同作について井伏は、モデルとなった重松静馬[*2]に宛てた書簡で以下のように語っている。

あの材料ならもっとうまく書けてなくてはならなかったのです。私は自分の実力不足をつくづく感じます。その点、モデルに対して「ごめんなさい」と脱帽します。

井伏鱒二　重松静馬宛書簡（一九六六年十一月二十日）

井伏が自分の故郷やそこを襲った戦争と原爆の恐ろしさをどれほど重く考え、それを伝えるためにどれだけ心を砕いていたのかが、この言葉からも読み取れるだろう。

太宰と井伏　悪人か恩人か

井伏が文学史上に果たした大きな役割のひとつに、後輩作家との関係がある。梶井基次郎を高く評価し、彼の作品を取り上げたといった話もあるが、とくに重要なのが、弟子でもあった太宰治とのつながりだ。

大震災のとしではなかつたかしら、井伏さんは或るささやかな同人雑誌に、はじめてその作品を発表なさつて、当時、北の端の青森の中学一年だつた私は、それを読んで、坐つてをられなかつたくらゐに興奮した。(中略)「山椒魚」に接つして、私は埋もれたる無名不遇の天才を発見したと思つて興奮したのである。

筑摩書房『井伏鱒二選集』第一巻　後記

これは、初めて井伏の作品を読んだ際の太宰の感想だ。ただし、このとき「山椒魚」となっているのは、時期から考えて「幽閉」の間違いだろう。当時、弘前高等学校に通っていた太宰治、本名・津島修治はこうして井伏作品にふれ、自らが主宰していた同人雑誌『細胞文芸』に寄稿を求めた。太宰の熱意は強く、繰り返し手紙を送って嘆願。その情熱に折れて、原稿を送ることになる。さらにその後、高校を卒業し、上京してきた太宰がまたも直接の対面を求めて「あってくれなければ自殺する」と手紙まで送ってきたため、井伏は自身が参加していた同人

＊2　被爆者。彼が書いた日記は遺族によって門外不出となっていたが、『黒い雨』が発刊されるにあたり、日記の存在が公となった。

誌『作品』の事務所に招き、一九三〇（昭和五）年に顔を合わせている。

こうして井伏と太宰の交流が始まったのだが、井伏にとって太宰はあまりに手のかかる存在だったといえる。太宰はその年の十一月にバーの女給との投身自殺未遂（女性のみ死亡）、高校時代からの恋人との同棲と左翼運動への参加、さらにその運動にアジトを提供したという理由で警察から取り調べを受けるなど、何度も警察沙汰の事件を引き起こしていたのだ。

井伏はこうした解決困難な問題が起こる度に、太宰の行方を探したり実家へと連絡したりと世話を焼かされていた。その後も、薬物中毒に冒された太宰に「どうか入院してくれ。これが一生一度の僕の願いだ」と説得して精神病棟に入れたりしている。井伏の世話がなければ太宰はすぐに実家に帰されていただろう。

また、精神病院から戻った彼の生活の安定を図るために、山梨県の御坂峠にある「天下茶屋」（住所：山梨県南都留郡富士河口湖町河口二七三九）へと招き、二階に逗留。この天下茶屋は「富士見茶屋」とも呼ばれる景勝地で、太宰はここでの経験を「富嶽百景」という作品で描いた。現在はこの二階の部屋が太宰の記念館となっている。


昭和七年から後の数年間、私は太宰君が何か事件を起すたびごとに、その事件に関する太宰君の行状を書きとめてゐた。これには個人的な事情と理由がある。そのころ私は自分の日記などつけなかつたが、つまり他人である太宰君に関する日記だけはときどき書いてゐたことになる。今となつては余計な煩労を経験したといふべきである。しかしその当時には、それをするのが私の雑用事の一つになつてゐた。

井伏鱒二「十年前頃」

さらに一九三九（昭和十四）年には、心中未遂で離婚していた太宰に井伏が縁談を紹介。これで太宰は結婚し、井伏はふたりの仲人を務めている。井伏はそれだけ太宰の才能を買い、可愛がっていたのだろう。井伏はもともとても面倒見がいい人物で、太宰以外にも多くの後輩作家たちの世話をしていた。太宰もそんな井伏に甘えていたらしく、井伏が暮らしていた阿佐ヶ谷のすぐ近く、杉並区の天沼にあるアパート「碧雲荘」へと転居した。ここは現在、ウェルファーム杉並という福祉施設に建て替えられており、建物自体は大分県の由布市湯布院町川北平原一三五四‐二六へと移築、「ゆふいん文学の森」という施設として再利用されている。

井伏はその後も、戦前戦後を通じて東京の阿佐ヶ谷や荻窪の周辺に住んだ。この近辺には、彼を慕う多くの後輩たちが集まり、井伏を中心に将棋などを楽しむ「阿佐ヶ谷会」を形成。このことから、後にこの周辺は「阿佐ヶ谷文士村」とも呼ばれている。戦中には疎開などで文士村メンバーも散り散りになっていたが、戦後に再び集まって飲み会などを開いており、井伏は一九八二（昭和五十七）年、自身の見聞をまとめた「荻窪風土記」を執筆した。ところが、同じ後輩のなかでも太宰は戦後になるとこうした集まりから距離をとり、井伏とも没交渉になっていく。そして終戦から三年後に愛人と心中。そのとき妻に残された遺書には、こんな言葉が残されていた。

皆、子供はあまり出来ないようですけど陽気に育てて下さい。あなたを嫌いになったから死ぬのでは無いのです。小説を書くのがいやになったからです。みんな、いやしい欲張りばかり。井伏さんは悪人です。

太宰治　遺書

彼が書いた「悪人です」という言葉の真意は、研究者たちの間でも未だに解釈が分かれている。井伏は太宰の早世を惜しみ、「太宰君は四十歳で自分の生涯を閉ぢた。それが惜しい。五十になつても六十になつても小説は書ける筈だ」と「太宰君のこと」という随筆に書いている。井伏は長く生き、立派な功績を残したが故に後輩に振り回され、苦労も絶えない生涯を送った作家だといえるだろう。

ピノチオ

現在、西友があるあたりにピノチオという飲食店があった。ここは大変安く、文豪たちのたまり場ともなっていた。

東京都杉並区阿佐谷北1丁目5−6のあたり

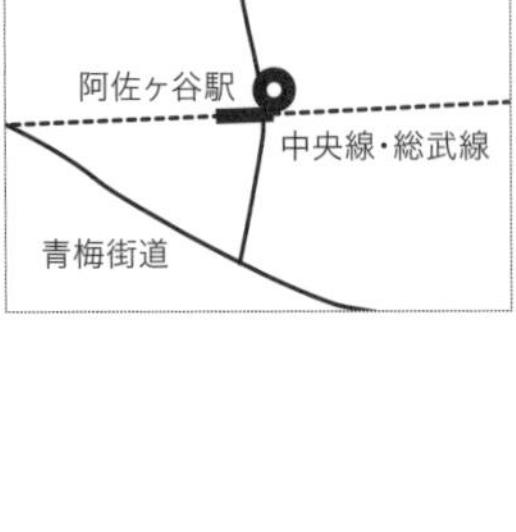

坂口安吾　無頼派で一番長生きした「ファルス」の作家

安吾と中也　恋敵から飲み友達へ

戦後の文壇において「無頼派」として活躍した文学者たちのうち、特に中心的な位置を占めた三人、太宰治、坂口安吾、織田作之助。彼らのなかでももっとも年長で、かつもっとも長く生きたのが坂口安吾だ。一九四七（昭和二十二）年には作之助が結核で、その一年後には太宰が自ら命を絶っていたのに対し、安吾は戦後の混乱がひと段落し「もはや戦後ではない」という言葉が経済白書を飾る前年、一九五五（昭和三十）年まで生きた。といっても、わずか四十八歳にして亡くなっていることを思えば、早世の作家だったともいえるだろう。

彼は一九三一（昭和六）年ごろから文壇にデビューし、新進作家として知られていたのだが、ちょうどそのころ、詩人・中原中也と出会い、飲み仲間として親しくなっている。安吾は一九三二（昭和七）年、当時参加していた『文科』同人が行きつけにしていた、銀座東仲通りにあったバー「ウインザー」（住所：東京都中央区日本橋二丁目四‐一あたり）によく出入りしていた。ここは装丁家であり美術評論家でもある青山二郎が経営していた店で、多くの文人たちが通っていたという。そして中也も青山二郎と親しく、頻繁にこの店で飲んでいた。

そのときまで、私は中也を全然知らなかつたのだが、彼の方は娘が私に惚れたかどによつて大いに私を咒つてをり、ある日、私が友達と飲んでゐると、ヤイ、アンゴと叫んで、私にとびかゝつた。

とびかゝつたとはいふものの、実は二三米《メートル》離れてをり、彼は髪ふりみだしてピストンの連続、ストレート、アッパーカット、スヰング、フック、息をきらして影に向つて乱闘してゐる。中也はたぶん本当に私と渡り合つてゐるつもりでゐたのだらう。私がゲラ／＼笑ひだしたものだから、キョトンと手をたれて、不思議な目で私を見つめてゐる。こつちへ来て、一緒に飲まないか、とさそふと、キサマはエレイ奴だ、キサマはドイツのヘゲモニーだと、変なことを呟きながら割りこんできて、友達になつた。非常に親密な友達になり、最も中也と飲み歩くやうになつた。

坂口安吾「二十七歳」

中也が安吾に食って掛かっていたのは、安吾がこのバーで当時十七歳だった女給と仲良くなっていたから。その女性に中也も思いを寄せており、いわば思い人を奪われたかたちになっていたのだ。恋敵として始まったようなふたりの関係だが、その後中也は嫉妬するような様子はおくびにも出さなかった。代わりに、自分は女に縁がない、金にありつけないなどと嘆いていることがよくあったという。

こうした中也の様子から安吾は、「要するに彼は娘に惚れてゐたのではなく、私と友達になりたがつてゐたのであり、娘に惚れて私を憎んでゐるやうな形になりたがつてゐたゞけの話であらうと思ふ」と書いている。小柄で童顔、身体も強くはなかったにもかかわらず、見栄っ張りで酒を飲むとだれかれ構わず喧嘩をふっかける中也のことなので、この安吾の考えもあながち間違いではなかっただろう。

これ以来彼らは親しくなり、一緒に飲み歩いていた。ふたりで吉原に繰り出したことなどもあったが、当時の安吾は恋人に振られたばかりだった。中也はそれをヘヘンと嘲笑しながら「ジョルヂュ・サンドにふられて戻つてきたか」などとからかっていたという。しかしふたりがバーで飲んでいると、女給と親しくなるのは決まって安吾の方で、相手にされない中也が、酔って肌着一枚になり寝てしまうこともあった。太宰の場合は中也の酒癖の悪さに悩まされて距離をとっていたが、安吾はこうした破天荒なところも受け入れていたのか馬が合ったのか、飲み仲間として親しく付き合っていたようだ。

自宅で撮影された有名なポートレート

こうしたエピソードを紹介すると、酒に酔って暴れていたのは中也ばかりで、安吾は大人らしく彼をいさめていたかのようにみえるかもしれないが、そうではない。安吾もまた、幼いころからかなり破天荒だったことで知られている。そもそも彼の筆名である「安吾」が生まれたのも、中学生時代の振る舞いが原因だった。

安吾の本名は坂口炳五《へいご》といい、明るく輝くといった意味を持つ「炳」の字に、五男ということで漢数字の五をつけた名前だった。そんな炳五は幼少期からひねくれもののガキ大将で、勉強嫌いだったという。中学生になってもそれは変わらず、家庭教師がつけられたが、根暗で勉強の出来も悪く、反抗的な彼にしびれを切らした家庭教師が「お前なんか炳五という名は勿体ない。自己に暗い奴だからアンゴと名のれ」といい、「吾」に「暗い」で「暗吾」の字を書いた。そんなイヤミでつけられた名前を気に入ったのか、漢字を一字変えた「安吾」をペンネームにしたのだ。

ただし、これだけ勉強を嫌っていた彼も文学には真面目であり、兄の影響で昔から谷崎潤一郎や芥川龍之介、バルザック、チェーホフなど、世界中の文学作品に親しんでいたという。中学卒業後、一九二五（大正十四）年には免許のない教師、代用教員として世田谷区立代沢小学校に勤務。働きながら宗教への熱を深め、猛勉強して翌年には東洋大学の印度哲学倫理学科第二科に入学する。さらにラテン語やフランス語も学び、当時は神田三崎町にあった学校法人アテネ・フランセへと入学した。しかし、このころに睡眠時間まで削って勉学に励んでいたことで重い神経衰弱に陥ったという。

このころ、東洋大学在学中から同人に参加し、作品を発表して新進作家として出発した安吾。彼は後年、自身の作風を「ファルス」の文学だと語っている。これは「道化芝居」などを意味するフランス語であり、端的にいえば、読者を楽しませることを第一にしたもののこと。その作風は純文学の枠には収まらず、推理小説なども多かった。当時、こういった作品を掲載する大衆雑誌は原稿料が安く、文壇で活躍しながらそうした場で活動する文学者はかなり希少だった。

「ファルス」という傾向もあり、彼は非常に多作な作家でもある。その影響もあったのか、あるいは彼の性格の問題か、その暮らしはかなり乱雑だった。これをよく表わしているのが、自宅で原稿用紙や本などに囲まれて机の前に座り、カメラをにらんでいる有名な写真だ。戦後間もないころ、安吾や太宰がよく訪れていた銀座のバー「ルパン」（住所：東京都中央区銀座五丁目五‐十一　塚本不動産ビル地階）で知り合ったという写真家、林忠彦によって撮られた。安吾は元来写真嫌いで、出版社などから写真を求められても、写りのいい過去の写真を提供して済ませていた。しかし林はそれが気に入らず自分に撮らせろと要求。安吾は自分が酔いつぶれたときならと約束していたが、林はそれを待たずに突然安吾のもとを訪ねて写真を撮ったのだ。

「さア、坂口さん、書斎へ行きましょう。書斎へ坐って下さい。私は今日は原稿紙に向ってジッと睨んでいるところを撮しに来たんですから」

彼は、私の書斎が二ヶ年間掃除をしたことのない秘密の部屋だということなどは知らないのである。
彼はすでに思い決しているのだから、こうなると、私もまったく真珠湾で、ふせぐ手がない。

坂口安吾「机と布団と女」

この写真には、狭い部屋に押し込められたような小さなちゃぶ台と山のように散らばった紙屑、安吾の背後に敷かれたままの布団など、長年の生活の痕跡がすべて映り込んでいた。この写真は後に『小説新潮』に掲載され、そこから有名になって現在まで残っている。

本来、無理に撮られた写真だから掲載を拒むこともできたはずだが、安吾はそれほど不満は抱いていない。むしろ読者から「先生は正直ですね。（中略）モウレツな勢いで机に向っているのが出ていました。写真がですよ。机の四方が紙クズだらけで、フトンもしきっぱなしになってました」という手紙が来たことで気に入ったのか、随筆にその思い出を記している。こうした面白がり方も含めて、「ファルス」の作家ら

坂口安吾宅

「坂口安吾といえばこれ」といえるほど有名な写真。これはずっと撮られることを嫌がっていた安吾へ、写真家が熱意を持って押し掛けたことで撮られた１枚である。

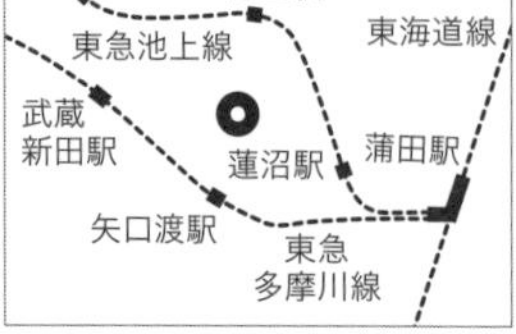

東京都蒲田区安方町94（現・東京都大田区東矢口）

しい態度だといえるだろう。

故郷・新潟が育んだ独特の感性

安吾は太宰と同様、戦後の文壇で目覚ましい活躍をしている。世相の退廃と堕落を考察した「堕落論」、戦争のなかでの破壊と人間を描いた「白痴」などによって人気を集め、文壇の寵児となり、一九四九（昭和二十四）年には芥川賞の選考委員にも就任している。

また、このころの安吾は、急速に「最後の無頼派」檀一雄とのつながりを強めている。当時、安吾は忙しさから薬物を常用していたのだが、その影響で猜疑心が強く、当時人気だった競輪をみて不正があると疑った。それだけであればよかったのだが、何と彼は実際にその証拠を調べ、検察庁に告訴したのだ。結果は安吾の敗訴。そして彼は一連の訴訟沙汰で大いに疲弊してさらに猜疑心を強め、誰かに狙われていると被害妄想を抱いて短期間で何度も転居するようになったのだ。そして一九五二（昭和二十七）年になると、以前から親しかった檀を頼り、石神井にあった彼の家（住所：東京都練馬区石神井町三丁目四）に居候することに。安吾夫婦がここで暮らしたのは六年ほどの間で、その後は東京の向島にあったという妻の実家に身を寄せたあと、群馬県桐生市本町二丁目一－十五に移った。

この転居の後、安吾はすでに五十歳手前だったのだが、初めての息子も生まれている。しかし安吾は、その出産には立ち会わなかった。彼は歴史小説も多く書いていたのだが、その関連で文藝春秋社から歴史の舞台を実際に訪れる企画を持ち掛けられ、信州を旅行していたのだ。これには檀も同行しており、安吾が上杉謙信を、檀が武田信玄を演じ、川中島の決戦を再現するというものだった。

ふたりは十日ほど長野県の松本市に滞在しており、ちょうどこの期間中に子供が生まれた。ただし、その旅自体はあまりいいものとはいえなかったようだ。

いやはや、大変な旅であった。折からの炎暑のせいでもあったろう。安吾の鬱気が爆発して全く酸鼻と言いたい程の荒れ模様を呈し、殆ど収拾がつかなかった。

檀一雄「小説　坂口安吾」

安吾はこの旅行中、精神的にひどく落ち込み、夜遅くまで芸者をはべらせて酒を飲んで遊び、深夜二時になってようやく宿に戻った。しかし心は落ち着かず、宿でも暴れて鏡台を二階から放り投げてしまう。それ以前も度々安吾は宿に迷惑をかけていたため、ついに警察を呼ばれて留置場へ。翌日になって、ようやく解放されることになった。安吾が長男誕生の知らせを聞いたのは、留置場から戻った直後のことだった。安吾は四十七歳という壮年になって初めての子どもに戸惑っていた。しかし、後に彼はこの子を溺愛。自分をパパと呼ばせ、かわいがっていたという。

旅から戻った彼は生活も幾分落ち着き、ゴルフを始めるなど穏やかな日々を過ごした。しかし一九五五（昭和三十）年の朝、突然妻を呼び寄せて「舌がもつれる」といい始める。妻は脳溢血を疑い、心配になって医師を呼んだが、診療の甲斐もなく、症状は悪化。わずか二歳の子供を残して、そのまま眠るようにこの世を去った。彼の最期の住居があった桐生の地には「坂口安吾　千日往還の碑」と書かれた石碑が残されている。

安吾自身は生前「私の葬式」という随筆で「告別式というものや、通夜というものはコンリンザイやらぬこと」「知友に死去を披露して、ドンチャンのバカ騒ぎを一晩やりなさい」と書いているが、彼の葬儀は、東京の青山葬儀所（住所：東京都港区南青山二丁目三三－二十）で、川端康成や佐藤春夫が弔辞を読み盛大に行なわれた。また「お墓なんか、いりません」とも書いていたが、彼の墓は故郷である新潟県の大安寺（住所：新潟県新潟市秋葉区大安寺）に建てられている。

新潟は、彼の独特な感性の原点となった土地だ。破天荒な振る舞いや逆説的な随筆で知られる安吾だが、その裏には神経衰弱と欝々とした心理があり、この二面性が彼の作品の礎となっていた。そしてそれを作り上げたのが、故郷の自然とそのなかにたたずむ家、そしてそこで暮らす母との関係だったのだ。彼は実家での暮らしについて、「石の思い」という随筆を書いている。

安吾は没落した坂口家で、前妻の子と合わせて十二番目の子として生まれ、難産で苦しめたうえに不良少年に育った彼に、母はヒステリーの発作のような怒りをぶつけていたという。そして彼もまたそんな母を嫌悪し、困らせるために不良まがいの振る舞いをしていた。安吾自身、「私と母との関係は憎み合うことであった」と書いているほどだ。

安吾はそんな母がいる家から逃れるため、度々付近の浜辺に行っては松林に寝転んですごしていた。「海や空を眺めていると一日ねころんでいても充ち足りていられる」ほどに、海に愛を感じている。しかしこの随筆内で、「私は然し母と別れてのち母を世の誰よりも愛していることを知った」とも書いている。こうした複雑な思いが、彼の独特の価値観を生んだのだ。

こうした背景もあり、新潟県では安吾を顕彰する記念館「安吾　風の館」（住所：新潟県新潟市中央区西大畑町五九二七‐九）を開設。坂口家からも寄贈を受け、八千点にも及ぶ資料を展示している。また、新潟県十日町市の山中には、彼の姉の嫁ぎ先で安吾自身も訪ねたことがある松山家を利用して「大棟山美術博物館（坂口安吾記念館）」（住所：新潟県十日町市松之山一二一二）が作られた。この地は彼の代表作のひとつ「不連続殺人事件」などの舞台にもなっている。ほかにも各地に彼を顕彰する石碑などが建てられており、彼は今も「新潟の作家」として愛されているのだ。

織田作之助　文壇バー「ルパン」での一夜

大阪に根差した愛妻作家

織田作之助の文学における一番の特徴は、東京ではなく大阪という町に根差していたこと。一九一三（大正二）年に大阪市南区生玉前町五一二五番地の仕立て屋の長屋に生まれ、一九三一（昭和六）年に第三高等学校（現在の京都大学教養学部）へと進学したが、卒業間近になって喀血。結核にかかったことで一時療養を経て退学している。その後三年ほどは東京に住んでいたのだが、それ以外の時期は基本的にずっと大阪に暮らしていた。

当時、作之助が生まれ育った大阪裏町の長屋では、三高に進学するような学生はほとんどおらず、出身小学校初のことだった。そのため、三高入学式の日には、同校の児童総出で見送りを行ないたいという申し出があったという。

彼が文壇で注目を浴びることになったのは、一九三九（昭和十四）年のこと。友人らと創刊した同人誌『海風』に発表した「俗臭」という短編が室生犀星の目に留まり、その推薦で芥川賞の候補となった。さらに翌年には、代表作ともいえる長編小説「夫婦善哉」を発表。これが改造社の文藝推薦作品となり、一躍大阪が誇る人気作家となる。

しかし、残念ながら学生時代に患った結核が元で一九四七（昭和二十二）年、一月に死去。

弱冠三十三歳、作家としての本格的な活動は十年足らずで終わりを迎えてしまったのだ。彼が幼いころ遊んだという生國魂神社（住所：大阪府大阪市天王寺区生玉町十三‐九）には、彼の功績を顕彰する像も立てられている。

なお、作之助はかなりの愛妻家としても知られており、一九三五（昭和十）年ごろから同棲し、後に結婚したものの、子宮頸がんで亡くなった妻、宮田一枝の写真と遺髪を、終生持ち歩いていたという。

この妻への思いは、彼が戦後に書いた短編小説「競馬」にも明らかだ。この作品では、酒場の女給だった妻「一代」をがんで亡くした男が主人公となっている。主人公は仕事の付き合いで始めた競馬にのめり込んでおり、いつも妻の名前に合わせた「一」番の馬に賭け続けていた。そしてある日、謎の男から妻に宛てた「競馬場で待つ」という手紙が主人公のもとに届く。妻は酒場で多くの男と交際したことがあると噂されていたため、主人公は彼女への嫉妬に狂ってしまう。そして偶然にも主人公は、競馬場で彼と同じように「一」の馬に賭け続けている男に出会う……という物語だ。

この作中の妻は、作之助の妻、一枝と同じ「一」の字を名前に持っており、同じようにがんでこの世を去っている。この点からみて、少なからず主人公の男には作之助自身が投影されているとみることができるだろう。

主人公は妻の苦しみを少しでも和らげるべく懸命にヒロポンの注射を打っており、妻の死後はその喪失感から眠れなくなったために、自身の手で注射器を使って薬物を打つようになっていた。一方、じつは作之助の遺品にも、いつも持ち歩いていたという注射器がある。これはあくまで自身の結核治療用のものだったのだが、ヒロポンを注射するためにも使われていたという話も残っている。現物は東京都目黒区にある日本近代文学館（住所・東京都目黒区駒場四丁目三‐五五）に保管されており、実物をみることが可能だ。

ちなみに、この主人公が競馬好きだったのも作之助と同様。一枝が残していた家計簿の、一九四一（昭和十六）年十月分には、競馬雑誌をなんと十二冊も買った記録が残されていた。また、競馬シーズンである四月、十月、十一月には競馬での損益を計上するプラスやマイナスの数字と記号が残されているという。先輩作家のすすめで始めたようだが、かなりのめり込み、病みつきになっていた。東京に行った際には府中の競馬場を訪れており、実際に競馬場へ行く前夜には、友人が躓いたのをみて「ええねんで！　明日は大穴、疑いなし！　馬の代わりにつまずいたんやから」（青山光二「青春の賭け」）と喜んでいたという話も残っている。

大阪、千日前を食べつくす「夫婦善哉」

柳吉はうまい物に掛けると眼がなくて、「うまいもん屋」へしばしば蝶子を連れて行った。彼にいわせると、北にはうまいもんを食わせる店がなく、うまいもんは何といっても南に限るそうで、それも一流の店は駄目や、汚いことを言うようだが銭を捨てるだけの話、本真にうまいもん食いたかったら、「一ぺん俺の後へ随《つ》いて……」

織田作之助「夫婦善哉」

これまで何度も映画化、ドラマ化された作之助の代表作「夫婦善哉」には、こうした描写がある。この作品は、柳吉と蝶子という夫婦の大阪下町での暮らしを描いたものだ。商売が下手で要領が悪いのに、あれこれと商売に手を出していく柳吉と、文句をいいながらそれを支える蝶子が主役となっている。

本作の魅力は、なんといっても実際の大阪の町がそのままに描かれていること。数多くの「うまいもん屋」が作中に登場している。そもそも、タイトルである「夫婦善哉」自体、大阪市千日前の法善寺境内にある同名のぜんざい屋さん（住所：大阪府大阪市中央区難波一丁目二‐十法善寺MEOUTOビル）がモデルだ。

また、この店のすぐ近く、法善寺横丁沿いには「正弁丹吾亭」という店も存在しており、こちらも作中に登場。「関東煮」の名店として描かれている。今も残る名店であり、その店先には作之助が残した句を刻んだ句碑が建てられている。

行き暮れて
ここが思案の

善哉かな

　これは「善哉」と書いて「よしや」と読む。南区の千日前や法善寺（住所：大阪府大阪市中央区難波一丁目二‐十六）の周辺をめぐり、昔ながらの食べ物屋に足を運べば、作之助の書いた作品の世界を目の前にみながら自分の舌でその味を感じることができる。これも魅力的な大阪の楽しみ方だといえるだろう。そして本作に登場する店のなかで、特に作之助が愛した味として有名なのが、中央区難波三丁目一‐三四にある「自由軒」の「ライスカレー」だ。

> 二日酔いで頭があばれとると、蒲団にくるまってうんうん唸っている柳吉の顔をピシャリと撲って、何となく外へ出た。千日前の愛進館で京山小円の浪花節を聴いたが、一人では面白いとも思えず、出ると、この二三日飯も咽喉へ通らなかったこととて急に空腹を感じ、楽天地横の自由軒で玉子入りのライスカレーを食べた。「自由軒の

正弁丹吾亭
正弁丹吾亭のはじまりは昭和26（1951）年にまでさかのぼる。関東煮（関西風おでん）を看板商品にした立ち飲み屋としてスタートした。
大阪府中央区道頓堀1丁目7－12

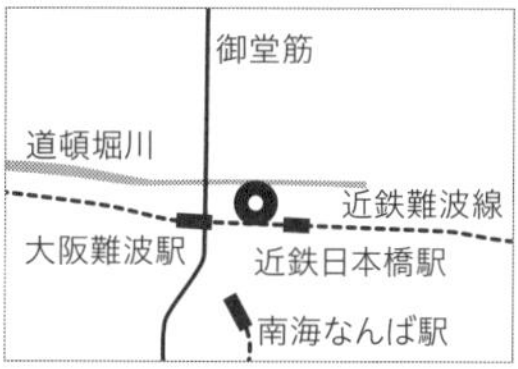

ラ、ラ、ライスカレーはご飯にあんじょうま、ま、ま、まむしてあるよって、うまい」とかつて柳吉が言った言葉を想い出しながら、カレーのあとのコーヒーを飲んでいると、いきなり甘い気持が胸に湧いた。

織田作之助「夫婦善哉」

この店で名物となっているのは、現在よく知られているいわゆるカレーライスではなく、カレーとライスをあらかじめ混ぜ込んでおいて、くぼませた米の上に生卵を落とした「ライスカレー」だ。作中ではこれを「あんじょうまむしてある」と書いている。この味が作之助は大のお気に入りで、度々食べに訪れていた。店の壁には、「トラは死んで皮をのこす　織田作死んでカレーライスを残す」と書かれた紙が、彼の写真と共に今も飾られているという。今まで残る大阪、下町の風情を描いた作家、作之助の息吹を感じられるスポットだ。

なくてはならない「無頼」のマスターピース

織田作之助といえば大阪というほど、彼と大阪とは切っても切れない関係にあった。とはいえ、もちろん作家になってから上京したことがないわけではない。彼は、作品の取材などを目的に東京を訪れており、そのうちの一回では、じつに重要な鼎談に参加していた。

その鼎談とは、織田作之助と坂口安吾、そして太宰治という無頼派作家三人による「現代小説を語る座談会」というタイトルのもの。文芸評論家である平野謙が司会進行を務め、作之助が亡くなった一九四七（昭和二十二）年、『文學季刊』に掲載されている。

織田　志賀直哉はオーソドックスだと思ってはいないけど、そういうものにまつり上げてしまったんだ。（中略）第二の志賀直哉が出ても仕方ないのだよ
太宰　あれは坂口さん、正大関じゃなくて張出しですよ
坂口　そうだ、張り出しというより前頭だね。あれを褒めた小林の意見が非常に強いのだよ

鼎談「現代小説を語る座談会」

このとき、作之助は二時間遅れで現場に到着、太宰はそれを飲みながら待っていたため、冒頭から平野謙が「太宰さんはすでに少々酔っ払っているから……」と語っている。そして彼らは、酔った太宰に合わせるように、志賀直哉、小林秀雄、マルセル・プルースト、佐藤春夫と、洋の東西を問わず作家・作品を取り上げては好き放題に批評しているのだ。

それも文学的価値や写実性などより、面白さを求めた「新戯作派」とも呼ばれた作家たちのこと。話を語るにも「木戸銭」をとれるかどうか、つまり作品として、あるいは芸として読み手に金を払わせられるほど楽しませることができるかどうかを基準にバッサリと切り落としている。名前を挙げられている作家たちのことを詳しく知らなくても、彼らの語り口を読むだけ

でも楽しめる内容だ。

そんな痛快な鼎談を終えた後、無頼の文士たちはそろって銀座にあるバー「ルパン」へと飲みに繰り出している。ここは当時、文学者たちが集まるバーとして知られており、現在も残っている店だ。太宰が高い椅子に足を挙げて腰かけ、カウンターに向かっている有名な写真が撮られたのは、この店だった。じつはこのとき、写真家・林忠彦が作之助を撮影しようと彼についていっていたのだが、その場にいた太宰が「俺も撮れよ」と指示。仕方がないからと撮影したのが、あの写真だったのである。

このときの交流は太宰や安吾にとって非常に印象深いものだったらしく、作之助の死後、彼らはふたりとも追悼の言葉を残している。「無頼」と呼ばれる作家たちを知るために、なくてはならないマスターピースが、織田作之助だったのだといえる。

第五章

畸人作家列伝

暗がりの中、ろうそくに顔を映し出されながら原稿用紙に向かう乱歩
（於：乱歩自宅土蔵　東京都豊島区西池袋3丁目34-1／
現在は立教大学江戸川乱歩記念大衆文化研究センターとして一般公開）

人物相関図

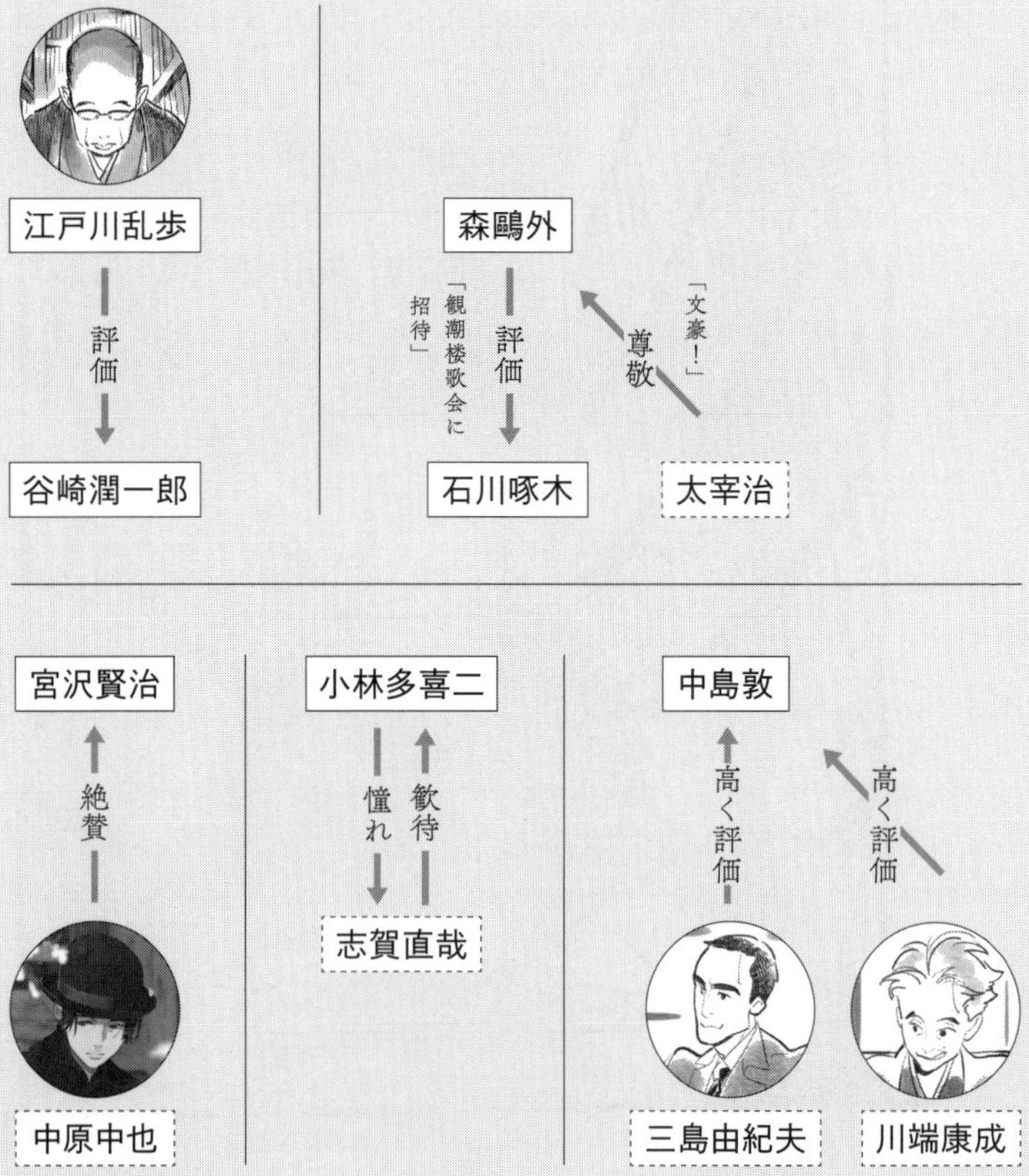
江戸川乱歩
評価
谷崎潤一郎
森鷗外
「観潮楼歌会に招待」
評価
石川啄木
「文豪！」
尊敬
太宰治
宮沢賢治
絶賛
中原中也
小林多喜二
憧れ
歓待
志賀直哉
中島敦
高く評価
高く評価
三島由紀夫
川端康成

江戸川乱歩　土蔵で執筆という伝説を生むほどの「人嫌い」

十年以上に及ぶ男色関係の文献研究

名探偵・明智小五郎が、持ち前の鋭い洞察力と推理力で難事件を解決へと導く「D坂の殺人事件」「屋根裏の散歩者」といった本格推理小説で知られる江戸川乱歩。今や多くの書店の売り場で広いスペースを占める推理小説やミステリーだが、乱歩が活躍した当時はまだ探偵小説が日本に根付く前。推理小説やミステリーと呼ばれるジャンルが、日本でこれほどまでの人気を獲得する礎を築いたのが彼なのだ。

名古屋の中学校を卒業して早稲田大学へと進学した乱歩だったが、人づきあいが苦手で内にこもりがちな性格。さらに、移り気で飽き性でもあり、大学卒業後は事務員、古本屋、ラーメン屋、新聞広告員、タイプライターの行商などの仕事に就いたものの、いずれも長続きしなかった。一九一七（大正六）年十一月には、三重県鳥羽市の「帝国汽船株式会社鳥羽造船所」に就職。書記として勤め、社員寮に暮らしている。しかし彼が残した自身の記録「貼雑《はりまぜ》年譜」によると、当時の彼は、「深夜付近ノ禅寺ヘタダ一人座禅ヲ組ミニ行ッタリ、会社ヲ休ンデ自室ノ押入ノ中ニ寝テイタリシタ」という。お世辞にも真面目とはいえない勤務態度だ。彼が座禅を組んでいた「禅寺」は、三重県桑名市長島町西外面二〇六一にある「光岳寺」という寺だった。これだけ不真面目だった乱歩だが、造船所の『日和』という機関誌の創刊にも携わっている。社内での評判も良く、彼は本職の書記より機関誌の編纂に没頭していたという。

こうしたつながりがあり、現在、三重県の鳥羽市鳥羽二丁目五‐二では「江戸川乱歩館」を開館。乱歩の業績や愛用品などを掲示している。また、彼と交友が深かった画家、岩田準一についても資料を公開。彼は風俗研究家でもあり、男色についての研究を行なっていた。じつは乱歩も自身の初恋について「それが実にプラトニックで、熱烈で、僕の一生の恋が、その同性に対してみんな使いつくされてしまったかの観があるのです」と書いている同好の士。岩田とともに十年以上も、男色関係の文献研究をしていたという。

そんな乱歩が小説家デビューを果たしたのは、一九二三（大正十二）年のこと。文芸誌『新青年』に「二銭銅貨」が掲載されたのだ。

私に探偵小説を書かせたのには外部からの強い刺激があった。それは当時出はじめて間のなかった雑誌「新青年」であった。この雑誌の定期増刊には西洋探偵小説がおびただしく訳載され、大いに好評を博し、探偵小説の時代が来たという感じを与えた。学生時代には日本では探偵小説などはやりっこないと考えていたのが、必ずしもそうでないことがわかって来た。これなら一つ自分も書いて見ようという情熱を起こすに足るものがあった。

江戸川乱歩「二十代の私」

乱歩が探偵小説を読むようになったのは、母親の影響が大きかった。母のきくが貸本屋で借りてきた黒岩涙香[*1]の翻案物などを、いつしか乱歩も読み耽るようになっていたのだ。その影響から乱歩は、オリジナルの探偵小説を執筆するだけでなく、海外の推理小説作品の翻案も数多く手がけている。自分が少年時代に読み耽り、小説を書くきっかけともなった黒岩涙香の「幽霊塔」までリメイクしたほど。そんな乱歩版「幽霊塔」に大きな影響を受けて生まれたのが、かの宮崎駿監督の初期の名作『ルパン三世　カリオストロの城』なのだ。

稀代の引っ越しマニアが落ち着いた先

本格推理小説から翻案物、少年・少女向け探偵小説まで数多くの作品を手がけた江戸川乱歩。しかし彼は、多くの場合自分の作品を低く評価している。そのため、度々休筆したり連載を中断したりすることがあった。

　一体僕が物を書くなんてことが、そもそも間違いじゃないかと思っている。文章の心得があるではなし、それといって本を読んではいないのだし、つまり、一言にして尽くせば、素人の横好きなんだ。

*1　一八六二-一九二〇年、現・高知県生まれ。小説家、思想家、翻訳家、ジャーナリスト。『萬朝報（よろずちょうほう）』（日刊新聞）を創刊した。三桁を超える外国小説を翻訳し、日本に広く知らしめた。

なかでも彼の代表作のひとつでもある短編小説「押絵と旅する男」の原稿は、じつは中断どころではない憂き目にあっている。乱歩は一九二七(昭和二)年ごろ、直前に書いた「一寸法師」に失望し休筆、日本海沿岸や千葉県の海沿い、名古屋や京都といった地を放浪していた。しかし、当時雑誌『新青年』の編集長だった横溝正史は執筆依頼のために旅先の乱歩を訪問。ぜひ書いてくれと依頼する。最初は断ったものの、しつこく頼まれた乱歩は、旅行の間に一作書き上げて、名古屋に住む作家仲間のもとを訪ねた際に受け渡しをしようと約束した。ところが約束の日、横溝と会った乱歩は、どうしても書けなかったと謝罪。仕方なく横溝が乱歩の名前で書き、それを載せることになる。

ところがこの後、ふたりが名古屋市若松町にあった大須ホテルに泊まったとき、トイレから戻った乱歩は横溝に「じつは原稿はできていたが自信がなくて作家仲間の前ではみせられなかった」と打ち明ける。横溝は喜び、それならその作品をもらおうと提案したが、なんと乱歩はその原稿を、先ほど便所で破り捨ててきたというのだ。この破られた原稿というのが「押絵と旅する男」の原型だった。これだけ乱歩は自作に自信がなかったという。

その理由のひとつには、当時人気を集めた作品が、彼の志向していた本格推理小説ではなく、幻想的かつエロティックでグロテスクな作品群だったこともあったのだろう。それらの作品の根底にあったのは、現実逃避的で幻想好き、人形やレンズなどを偏愛する乱歩自身の性癖だ。

人間に恋はできなくとも、人形には恋ができる。人間はうつし世の影、人形こそ永遠の生物。という妙な考えが、昔から私の空想世界に巣食っている。バクのように夢ばかりたべて生きている時代はずれな人間にはふさわしいあこがれであろう。

江戸川乱歩「人形」

子どもの頃から空想の世界で遊んでいた乱歩にとって、空想の世界を文章へと定着させることはごく自然なことだったのかもしれない。幻想的で禍々しい世界観に引き込まれる「パノラマ島奇譚」、自らが椅子となって座ってもらうことに喜びを感じる「人間椅子」、女盗賊と明智探偵の知恵比べの合間に愛欲と情欲が交錯する「黒蜥蜴」など、乱歩の才能はエロ、グロで猟奇的な作品において大きく花開いていく。

乱歩作品は人気を集め、全集を出版した平凡社は倒産の危機を免れたという。そんな大人気作家である乱歩が、ファンからサインを求められた時に必ず添えていた言葉がある。

青年時代から現在までも、最も深く感銘しているのはエドガー・アラン・ポーの次の言葉である。

「この世の現実は、私には幻——単なる幻としか感じられない。これに反して、夢の世界の怪しい想念は、私の生命の糧であるばかりか、今や私にとっての全実在そのものである」（中略）私は色紙や短冊に何か書けといわれると、これらの言葉をもっと短くして「うつし世は夢、よるの夢こそまこと」と書きつけることにしている。

江戸川乱歩「忘れられない文章」

猟奇的な作風と、人との接触を避けてホテルで缶詰生活を送るほどの人嫌いな性格から、編集者たちの間で「土蔵でろうそく一本立てて原稿を書いている」と噂されたといわれる乱歩。しかし、実際の乱歩邸の土蔵は膨大な資料や書籍などの書庫として使われており、きちんと整理整頓された空間だった。

生涯にわたって四十六回もの引っ越しを繰り返した稀代の引っ越しマニアとしても知られる乱歩だが、晩年は豊島

提供：立教大学江戸川乱歩記念大衆文化研究センター

大衆文化研究センター（旧江戸川乱歩邸）
乱歩が後半生を過ごしたこの家は当時、家賃90円の土蔵付きの借家だった。2002（平成14）年に旧乱歩邸と蔵書・資料が立教大学に帰属、翌3月に乱歩邸の土蔵は豊島区指定有形文化財に指定されている。

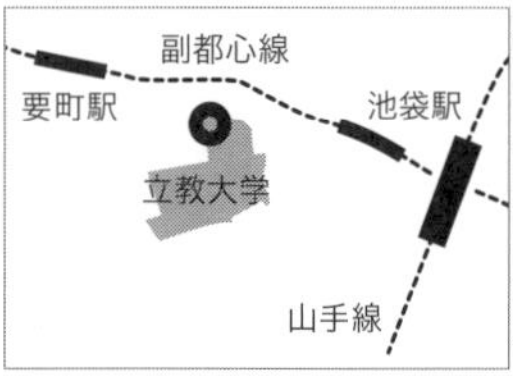

東京都豊島区西池袋3丁目34-1

区の邸宅が気に入り、借家だったものを買い取って終の棲家とした。この邸宅は隣接する立教大学が「大衆文化研究センター」として管理しており、毎週水・金曜日に一般公開している。乱歩ファンなら一度は訪れておきたい聖地のひとつといえるだろう。

人嫌いから一転、人と交わり、推理小説を書く新人に光を当てる

自らを「厭人癖」「孤独癖」と表現するなど、人付き合いが苦手で内にこもりがちだった乱歩青年だったが、年を取るに従って社交的になってゆく。

> 戦争前は全く社交をしなかった。旅行はしたが、変名の孤独旅行であった。来訪者にもたいていは会わなかった。それが、戦後一変して社交好きになり、酒宴を愛するようになり、来訪者にもつとめて会うようになった。昔の厭人病者が好人病者に変ったのである。
>
> 江戸川乱歩「好人病」

戦後の乱歩は雑誌『宝石』の創刊に深く携わり、編集長にも就任。山田風太郎をはじめ、高木彬光、筒井康隆、大藪春彦、星新一など、多くの新人作家を世に送り出した。

人嫌いから人好きへ、突然の変容の背後にあるのが「ハゲ」ではないかと推察したのが乱歩を師と仰いだ山田風太郎だ。山田は戦後の乱歩が人付き合いを避けなくなったのは、「ハゲて

いてもおかしくない年恰好になっていたから」だと読み解く。

乱歩の禿げコンプレックス説は、ぼくの新説にして珍説だが、ほんとは珍説だと思っていない。コンプレックスのない作家なんていないよ。むしろコンプレックスの大きい人ほど優れた作家でありうる。事実、禿げを気にしなくなった乱歩さんは、戦後会心の作品を書いていない。いくら努力してもうまくいかなかった。

関川夏央「戦中派天才老人・山田風太郎」

乱歩の作品を読んだことはないけれど、一千万円という高額賞金の「江戸川乱歩賞」なら知っているという人も少なくないだろう。一九五四（昭和二十九）年に還暦を迎えた乱歩は、自ら百万円を拠出してこの賞を創設した。現在、この江戸川乱歩賞は推理小説作家、ミステリー作家への登竜門として知られている。高額の賞金もさることながら、受賞作はテレビや映画などの映像化にともなって大ヒット確実。「直木賞を受けて消えた作家はいても、乱歩賞を受けて消えた作家はいない」といわれるほどで、毎年その受賞の行方が注目される文学賞のひとつだ。自らの作品で日本に推理小説というジャンルを定着させた乱歩は、死後も新人推理作家を世に送り出し、日本の推理小説、ミステリー界を支え続けているのだ。

森鷗外　サロンとして機能した「観潮楼」での歌会

文豪・森鷗外と石見人・森林太郎

高校の教科書にも掲載されている名作「舞姫」の作者である文豪・森鷗外は、一八六二年、当時の石見国津和野、現在の島根県津和野町に生まれた。彼は文学者として残した数多くの名作でその名を知られているが、医師としてもすぐれた才能を発揮。東京大学の医学部を卒業後は陸軍軍医となり、陸軍省からドイツへ留学生として派遣された。このときの自身の体験をもとに書かれたのが、彼の文壇デビュー作でもある「舞姫」だった。

彼は生涯軍医として勤め、軍医総監の座にまで上りつめている。日清戦争、日露戦争などにも従軍。そこで田山花袋や正岡子規といった文人たちとも出会い、交流している。そんな彼は十一歳のときに上京して以来、職務で海外や九州の小倉などに暮らすことはあったものの、基本的にはずっと東京に住んでいた。そのため彼の墓は都内、太宰治も眠る三鷹の禅林寺という寺の墓地に作られている。

うなだれて、そのすぐ近くの禅林寺に行ってみる。この寺の裏には、森鷗外の墓がある。どういうわけで、鷗外の墓が、こんな東京府下の三鷹町にあるのか、私にはわからない。

けれども、ここの墓地は清潔で、鷗外の文章の片影がある。

太宰治「花吹雪」

太宰はこの作品で、「明治大正を通じて第一の文豪」として鷗外の名前を挙げ、自分も「こんな小綺麗な墓地の片隅に埋められたら」と書いている。当時の太宰も、本当に自分が同じところに収まることになろうとは思っていなかっただろう。

こうして東京に眠っている鷗外だが、彼の遺骨は分骨されており、この禅林寺だけでなく故郷である津和野町にも収められている。これは本人の強い意志によるものだった。

余ハ石見人森林太郎トシテ死セント欲ス 宮内省陸軍皆縁故アレドモ生死別ル、瞬間アラユル外形的取扱ヒヲ辞ス 森林太郎トシテ死セントス 墓ハ森林太郎墓ノ外一字モホル可ラス

森鷗外「遺言」

「林太郎」とは鷗外の本名のこと。彼はその生涯でさまざまな功績を残し、軍人としても十分な地位にあった。しかしそれでも最期は「石見人・森林太郎」であることを選んだのだ。そんな彼の生涯と功績を顕彰するため、島根県津和野町では彼が生まれた旧居を保存、公開してい

る（住所：島根県津和野町町田イ二三八）。敷地内には、彼の詩「扣鈕《ぼたん》」を作家の佐藤春夫が筆書きし、銅板にした詩碑を建立。また、その建物の裏手には「森鷗外記念館」も建てられている。彼がどんな土地で生まれ育った、どんな人物だったのか、それを知るためにここは絶好の土地だといえるだろう。

北九州市小倉での三年間

鷗外の旧居跡を中心とした鷗外の史跡と呼ぶべきスポットは、このほかにも多く残されている。そのひとつが「水月ホテル鷗外荘」という、鷗外の名を冠したホテル（住所：東京都台東区池之端三丁目三‐二一）。彼が住んでいたという自宅を、そのままホテルの一部として再利用しているため、鷗外が暮らした当時の生活をわずかながら体験できる点も魅力だ。名作「舞姫」や「於母影」はここで書かれており、「舞姫の碑」「於母影の碑」といった石碑も作られている。このホテルは二〇二〇（令和二）年五月で閉館することになったが、鷗外ゆかりの建物自体は今後も残される予定だ。

また、一八九〇（明治二十三）年から暮らした東京本郷の住居も、現在は重要な史跡のひとつとなっている。彼はここを「千朶山房《せんださんぼう》」と呼んでいたのだが、その建物は現在、愛知県の明治村に移設。「明治村森鷗外・夏目漱石住宅」という名前になっている。その名の通り、鷗外が移ったあとイギリスから帰国してきた漱石がここに住んでおり、「吾輩は猫である」はこの家で書かれた。そのためこの家は「猫の家」とも呼ばれている。漱石はこの家に鷗外が住んでいたことを知らなかったようだが、鷗外の方は自分の転居後に漱石が移り住んだと知っていたため、自分の覚書に書いていた「自紀材料」に「この歳、本郷区駒込千駄木五十七番地に就居す。この家、後夏目金之助の宅となる」と記していた。

鷗外はここに一年ほど暮らすと、一八九二（明治二十五）年にはまたも本郷区内で転居。その七年後に昇進して軍医監となり、第十二師団軍医部長として福岡県に赴任することになった。そのため、家族を東京に残して、単身で現在の北九州市小倉に移り三年間暮らしている。現在も、小倉の町ではさまざまな場所で鷗外を顕彰、紫川にかかる橋の一本を「鷗外橋」と名付け、その川のほとりにある小倉市北区勝山公園内に「私は豊前の小倉にあしかけ四年ゐた」などの鷗外の言葉を刻んだ六角柱の文学碑を建設したりしている。彼は三年間の小倉暮らしの間に二カ所の家に暮らしたのだが、その住居のひとつは現在も記念館となっており、「森鷗外旧居」（住所：福岡県北九州市小倉北区鍛治町一丁目七‐二）として残されている。もう一カ所も建物はないものの、「森鷗外京町住居跡碑」が作られており、町全体で鷗外とのつながりを現在まで伝えているのだ。

晩年を暮らした家　父としての一面

さて、一八九二（明治二十五）年に移り住んだ本郷区の住居を鷗外は気に入り、「観潮楼《かんちょうろう》」と名付けていた。彼はここで「青年」「雁」「高瀬舟」などの名作を執筆。その後一九二二（大正十一）年に亡くなるまで住み続けている。「観潮楼」には鷗外没後も残された家族が暮らしていたが、後に借家になり、火事や戦災によって消失。現在はその跡地を利用して、「文京区立森鷗外記念館」がオープンしている。「観潮楼」という名前の由来は、当時、二階から遠くに東京湾がみえていたからだといわれている。彼はここで「観潮楼歌会」という歌会を開催しており、そこには石川啄木や与謝野鉄幹といった多くの歌人が集まった。鷗外は軍医という立場があったことや、いろいろな文人たちに論争を仕掛けては打ち破っていった気骨の強さもあって、いわゆる文学の党派を組んで活動するようなことはしていなかった。しかし文学者、詩人、歌人などとサロン的な集まりを度々行ない、交流を持っていたのだ。じつはこの歌会が、当時の歌壇において超党派的な交流を助ける重要な役割を担っていたという。

「観潮楼」に暮らしていたころの鷗外には、作家や軍医と

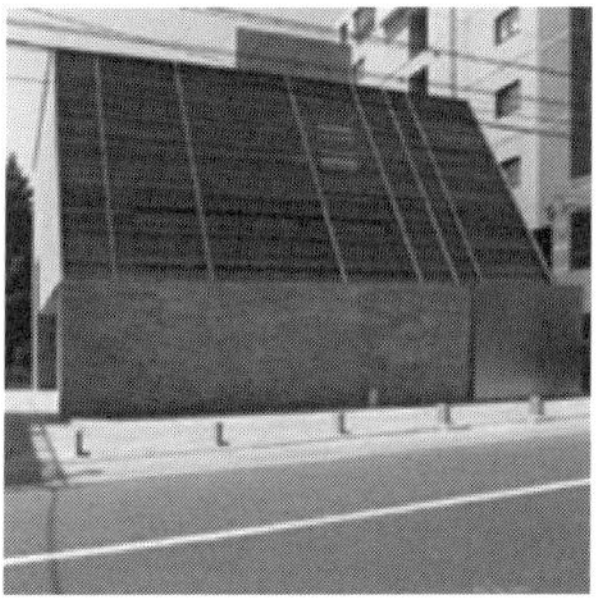

観潮楼（現・文京区立森鷗外記念館）

鷗外生誕100年の1962（昭和37）年に「鷗外記念館」を併設した「文京区立鷗外記念本郷図書館」を開館。2012（平成24）年から、現在の「文京区立森鷗外記念館」となる。

東京都文京区千駄木1丁目23-4

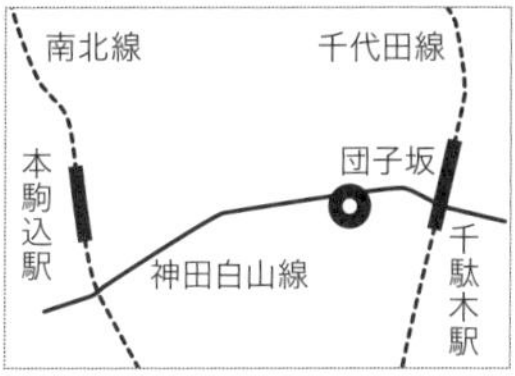

しての活躍とは別のエピソードも残されている。

私にとって、『森鷗外』というものについて書くことはひどく難しい。私は『森鷗外』という人を、よく識らないからで、ある。鷗外について書くのには、私はあまりに何も識らない。私の知っているのは、その膝に乗って体を揺り、歓びに満ちて胸に寄りかかった父で、あった。公園のベンチに腰をかけ、微笑した顔を小刻みに肯かせて、私を側へ招ぶ父で、あった。生温い襯衣《しんい》の背中に私を寄りかからせた儘で、屈んで書物を読む父で、あった。

森茉莉「靴の音」

鷗外は自らの留学体験をもとに、子どもたちには海外でも活躍できる名前を与えるほうがいいと考えていた。そのため彼らは、現在でいう「キラキラネーム」の元祖ともいえる名前がついている。その名も、於菟《おと》、茉莉《まり》、不律《ふりつ》、杏奴《あんぬ》、類《るい》。オットー、マリー、フリッツ、アンヌ、ルイとカタカナで書いていくと、その意図がよくわかる。

鷗外の子どもたちは父の愛情を一身に受け、その才能を受け継ぎながら立派に成長している。なかでも娘の茉莉は耽美的な文体と独自の感性で作家、エッセイストとして活躍した。ほかの子どもたちも含め、彼らは父についての回想記も多く残しているので、「人間・森林太郎」の素顔に興味を持ったら手に取ってみるといいだろう。

石川啄木　生活に追われて各地を転々とした「空想家」

岩手で神童と称された少年は、文学で身を立てるべく東京へ

石川啄木の代表作といえば、歌集『一握の砂』だろう。啄木が一九一二（明治四十五）年に亡くなってからすでに百年以上が経っているが、その歌は今も教科書などで紹介されて老若男女に愛され続けている。なかでも最も有名な歌が次の一首だ。

はたらけど
はたらけど猶わが生活《くらし》楽にならざり
ぢっと手を見る

石川啄木「一握の砂」（我を愛する歌）

あまりにも有名なこの歌のおかげで、啄木には貧乏なイメージが付きまとう。確かに彼は生涯に渡ってお金に苦しめられたのだが、もともとは貧しい家の出ではない。

啄木が生まれたのは一八八六（明治十九）年のこと。岩手にある曹洞宗の寺、日照山常光寺（住所：岩手県盛岡市玉山区常光寺日戸古屋敷）の住職の長男として生まれ、一歳の時に同じ

岩手・渋民村の宝徳寺（住所：岩手県盛岡市渋民二‐一）へと転居する。姉や妹はいたが、唯ひとりの男子だったため、跡継ぎとして両親に溺愛されて育ったという。小学校を首席で卒業した啄木は、母方の親戚のもとに下宿しながら盛岡の中学へと進学。のちに生涯の親友となる金田一京助[*1]や、妻となる堀合節子と出会う。また、雑誌『明星』に掲載されていた与謝野晶子[*2]らの短歌と出会い、自ら短歌の会を結成するなど、次第に文学へとのめりこんでいく。

文学と恋愛に夢中になるあまり、啄木は次第に勉強についていけなくなる。そこで彼は、安易なカンニングという手段を選択。これがあえなくバレて退学勧告を受けたため、自主退学して単身東京へと向かうこととなった。

かくてわが進路は開きぬ。かくして我は希望の影を探らむとす。記憶すべき門出よ。雲は高くして巌峰の嶺に浮かび秋装悲みをこめて故郷の山水歩々にして相へだゝる。あゝ、この別離の情、浮雲ねがはくは天日を掩ふ勿れよ。

石川啄木「日記」（一九〇二年）

自分の才能を信じて上京を果たした啄木少年。しかし、弱冠十七歳の少年は全くといっていいほど相手にされなかった。名だたる文学者や雑誌、出版社などに自らの作品と面会を求める手紙を送ったものの返事はなしのつぶて。また、収入を得る手だてもみつからず持病の結核が悪化したこともあり、上京からわずか四カ月で失意のうちに故郷へと強制送還される。

やはらかに柳あをめる
北上《きたかみ》の岸辺目に見ゆ
泣けとごとくに

石川啄木「一握の砂」（煙二）

盛岡に戻っても文学への思いを捨てられなかった啄木は、定職に就くことなく投稿を重ね、作品がまとまると再び上京。中学時代の親友である金田一の下宿へ転がり込んで、詩集の出版を目指す。そして、なんとか資金を集めて第一詩集『あこがれ』の出版にこぎつけたのだ。

其頃私には、詩の外に何物も無かつた。朝から晩まで何とも知れぬ物にあこがれてゐる心持は、唯詩を作るといふ事によつて幾分発表の路を得てゐた。さうして其心持の外に私は何も有《も》つてゐなかつた。

石川啄木「弓町より」（食《く》ふべき詩）

＊1　一八八二-一九七一年、岩手県盛岡市生まれ。言語学者、民俗学者。日本のアイヌ語研究の本格的創始者として知られる。
＊2　一八七八-一九四二年、現・大阪府堺市生まれ。歌人。代表作に「みだれ髪」や「君死にたまふことなかれ」などがある。

妻子と両親を養うために、一生懸命に働く日々

再び盛岡に戻った啄木は、文学で身を立てるという願いを抱きながら何者にもなれずにくすぶっていた。そのころ、中学時代から付き合っていた堀合節子と結婚する（このとき十九歳）。同時期に啄木の父が本山への上納金を滞納して寺を追い出され、妻だけでなく父母の生活の面倒までも見なくてはならなくなった。しかし、それでも啄木はまともに職を探そうとしなかった。東京で詩集を出版した文学者だというプライドから、盛岡の高級住宅に住み、友人・知人からの借金や家財道具などの質入れでその日の生活費を賄うという暮らしを続けていたのだ。

二十歳の時、私の境遇には非常な変動が起つた。郷里に帰るといふ事と結婚といふ事件と共に、何の財産なき一家の糊口の責任といふものが一時に私の上に落ちて来た。さうして私は、其変動に対して何の方針も定める事が出来なかつた。

石川啄木「弓町より」（食ふべき詩）

当然のことながら、いつかはそんな生活も行き詰まる。そこで啄木は仕方なく故郷の渋民村へ戻って代用教員の職を得る。しかし、代用教員のわずかな賃金で一家の暮らしを支えるのは

難しく、生活は苦しいまま。そこで校長を追い出して自らが実権を握るべくストライキを決行するのだが、これが裏目に出て代用教員の職までも追われてしまう。

石をもて追はるるごとく
ふるさとを出でしかなしみ
消ゆる時なし

石川啄木「一握の砂」（煙二）

故郷を追われた啄木は、文学青年のつながりを頼って函館へ。そこで後に妻・節子の妹と結婚し、お金を含めたあらゆる面で啄木の暮らしを支える資産家の宮崎郁雨と出会う。函館では郁雨に紹介してもらった小学校の代用教員や新聞社の遊軍記者などをして暮らしていたが、突然の大火で学校も新聞社も焼失。その後は札幌、小樽、釧路と北海道を転々とした挙句、再び東京へと向かう決意をする。もちろん、資金はすべて郁雨もちだ。

啄木新婚の家
1905（明治38）年のたった3週間しか住んでいない家だが、現存する盛岡唯一の武家屋敷である。随筆「我が四畳半」に新婚当時の様子が書かれている。

岩手県盛岡市中央通3丁目17-18

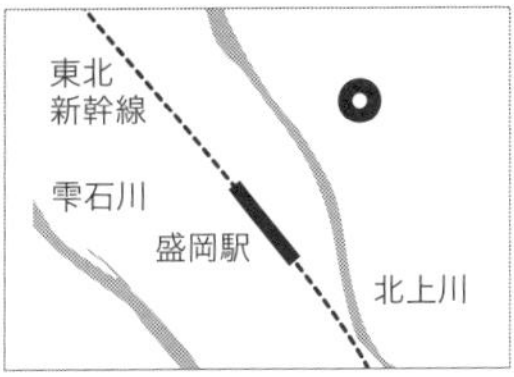

わずか二十六年二カ月の短い生涯で、啄木が残したもの

一九〇八（明治四十一）年に上京した啄木は再び金田一を頼り、五月から彼が暮らしていた本郷区菊坂町八二番地、現在の本郷五丁目五 - 一六にあった下宿「赤心館」へと移る。ただしこのころ、啄木に収入はなく、金田一が啄木に金を貸し、家賃も支払ってくれていた。しかし次第に生活は苦しくなり家賃も支払い困難に。少し待つように大家に頼んだがこれが受け入れられず、怒った金田一は自らの蔵書を売って家賃を支払い、そのまま転居する。啄木の上京からわずか四カ月後のことだった。そして彼らは同じ本郷区の森川町一番地新坂三五九、現・本郷六丁目十 - 十二の「蓋平館《がいへいかん》別館」へと移った。この二カ所はともに建物はなく跡地の案内板が残されている。蓋平館別館跡地には、彼の歌を刻んだ石碑も建てられた。

啄木はこの地に住み始めた翌年、新聞社での書記の仕事を得るのだが、ある時期から、一風変わった日記を書き始めている。

なぜこの日記をローマ字で書くことにしたか？　なぜだ？　予は妻を愛してる。愛してるからこそこの日記を読ませたくないのだ。

石川啄木「日記」（一九〇九年）

当時彼は働いていたが、妻子はまだ北海道に残したままだった。しかしこの年から、足繁く浅草の娼妓へ通っていたという。そしてそこでのことをこの「日記」に書いていたのだ。ローマ字にしていたのは、その内容がばれないようにするためだった。

この三カ月後、家族を東京に呼ぶとローマ字の日記も終了。家族五人の生活を支えるために啄木は必死に働いた。しかし、どれだけ働いても暮らしが楽になることはなかった。

ちょうどそのころ、幸徳秋水[*3]をはじめとする社会主義者たちが明治天皇の暗殺と暴動を計画したとされる大逆事件が起こる。懸命に働きながらも豊かさを感じられず、社会の不平等に直面していた啄木がこの事件や社会主義活動に強い関心を持つようになったのは、自然な流れといえるだろう。この大逆事件が起きた一九一〇(明治四十三)年の暮れに、第一歌集『一握の砂』が出版された。

一九一一(明治四十四)年の秋になると、以前から患っていた結核に慢性腹膜炎も併発して体調を崩す。加えて、翌十二年には妻節子と母にも結核の症状が現れる。しかし、薬を買う金もままならず、母が三月に亡くなり、啄木も妻や父友人に見守られながら四月に亡くなった。

啄木の死後、彼が晩年に詠んだ一九四首をまとめた第二歌集『悲しき玩具』が出版された。

呼吸《いき》すれば、

*3　一八七一-一九一一年、現・高知県四万十市生まれ。明治時代のジャーナリスト、思想家。大逆事件（幸徳事件）で処刑された。

胸の中にて鳴る音あり。
凩《こがらし》よりもさびしきその音！

石川啄木『悲しき玩具』

『悲しき玩具』というタイトルは、「歌のいろいろ」というエッセイの一節「歌は私の悲しい玩具である」からとったもの。皮肉にも死後に発表されたこの歌集が各方面で高く評価され、後に多くの出版社から全集などが発売されるきっかけとなった。若くして自らの才能を信じながら、生活に追われるなかで創作もままならなかった啄木。確かに非凡な才能はあるものの、家族の生活のために必死に働くなかで、ようやく真の「詩」に開眼したのかもしれない。

私は詩人といふ特殊なる人間の存在を否定する。詩を書く人を他の人が詩人と呼ぶのは差支ないが、其当人が自分は詩人であると思つては可けない、可けないと言つては妥当を欠くかも知れないが、さう思ふ事によつて其人の書く詩は堕落する……我々に不必要なものになる。詩人たる資格は三つある。詩人は先第一に「人」でなければならぬ。第二に「人」でなければならぬ。第三に「人」でなければならぬ。さうして実に普通人の有つてゐる凡ての物を有つてゐるところの人でなければならぬ。

石川啄木「弓町より」（食ふべき詩）

谷崎潤一郎　最後の妻と暮らし、「細雪」を生んだ神戸の倚松庵

有楽町で永井荷風を待ち伏せ

「刺青」「痴人の愛」「卍」「細雪」など、日本的な美や性愛、官能を繊細な筆致で描き出した谷崎潤一郎。谷崎といえば、作品の端々に垣間見える女性へのマゾヒスティックな憧れや足フェティシズムなどへの耽溺と、ポートレートに残るでっぷりと太って文豪然とした重々しい表情のギャップが印象的だ。

谷崎潤一郎は一八八六（明治十九）年に東京・日本橋に生まれた。母方の祖父が事業で財を成しており、幼少期はお手伝いさんが何事も面倒を見るという生活を送る。ところが祖父の死後は事業が傾き、学校への進学すら危ぶまれたほど困窮していく。

そこで、谷崎の才能を惜しんだ教師たちが立ち上がる。住み込みの家庭教師先を見つけ出し、家庭教師をしながら学校へ通い東京帝国大学へと進学。後に学費滞納で中退するが、在学中に和辻哲郎[*1]、小山内薫[*2]らと第二次『新思潮』を創刊。小説「刺青」「少年」「秘密」などを続々と発表した。そして、これらの作品、あるいは自分の名前を世に出すために、谷崎は一計を案じる。

＊1　一八八九－一九六〇年、兵庫県生まれ。哲学者、倫理学者。代表作に「古寺巡礼」「風土」などがある。
＊2　一八八一－一九二八年、広島県生まれ。明治末から大正・昭和初期に活躍した劇作家、演出家。新劇運動の開拓者、指導者として活動した。

崇拝する永井荷風に自分の小説を読んでもらい、評価してもらおうと考えたのだ。

私は永井荷風氏が見物に来られることを知ってゐたので、何とかして氏に『刺青』を読んでもらひたく、『新思潮』の十一月号を懐にして有楽座の廊下をうろうろした。

谷崎潤一郎「青春物語」

谷崎ら『新思潮』のメンバーは、荷風が参加しているパンの会（美術と文学との交流から新しい文芸を生み出そうとする芸術運動の一種）に参加して荷風との交流を図る。さらに、『新思潮』の発起人のひとりである小山内薫が行なっているゴーゴリの戯曲の稽古を荷風が見学に来ることを知り、自らもその稽古場である「有楽座」（現在の日比谷シャンテ）へと出向く。そしてそこで、荷風に「刺青」が掲載された『新思潮』を手渡したのだ。この谷崎の目論見は見事に成功し、荷風は『三田文学』で谷崎の小説を絶賛する。

明治現代の文壇に於て今日まで誰一人手を下す事の出来なかつた、或は手を下さうともしなかつた藝術の一方面を開拓した成功者は谷崎潤一郎氏である。語を代へて云へば谷崎潤一郎氏は現代の群作家が誰一人持つてゐない特種の素質と技能とを完全に具備してゐる作家なのである。

永井荷風「谷崎潤一郎氏の作品」

学生時代の谷崎は学年トップの優秀な成績で「神童」と称されており、本人も「文章を書くことは余技だった」と書き残している。しかし、荷風に小説を絶賛されたことで、谷崎は文壇における地歩を固めていく。

ストーリー性を重視した耽美的な小説作品の旗手として順調なスタートを切った谷崎だったが、関東大震災をきっかけに関西へと転居。生涯に四十回以上も転居を繰り返したという引っ越し魔ゆえ、ひとことで関西といっても兵庫、大阪、京都などを転々とし続ける。それでも、震災以降はずっと関西を拠点に旺盛な執筆活動を続けた。

そんな谷崎が暮らした家の中で、たとえば小説「夢の浮橋」の舞台として知られる京都の「潺湲亭《せんかんてい》」（現在は石村亭として日新電機が所有しており内部は非公開／住所：京都府京都市左京区下鴨泉川町五）や、「細雪」を執筆した邸宅として知られる兵庫県神戸市の「倚松庵《いしょうあん》」（住所：兵庫県神戸市東灘区住吉東町一丁目六‐五十）など、いくつかは現在も残っている。兵庫県にある芦屋市谷崎潤一郎記念館（住所：兵庫県芦屋市伊勢町一二‐一五）と合わせて、関西における谷崎の足跡を辿ってみるのもオススメだ。

谷崎と三人の女たち

谷崎の作品と切っても切れないのが、妻や愛人など彼を取り巻く女性たちの存在だ。谷崎は女性を崇拝しており、親しくなった女性への想いや関係をベースとして作品を執筆するケースが散見される。そんな谷崎を取り巻く女性たちの中で、作品へと昇華された女性は三人だ。

最初の妻の千代との冷え切った関係から「蓼喰ふ虫」が生まれ、その妹であるせい子に片想いしたことで「痴人の愛」が生まれた。そして、二番目の妻である丁未子と結婚してすぐに始まった根津松子とのW不倫から「細雪」が生まれたのだ。

大学在学中に鮮烈なデビューを飾った谷崎は二十九歳で石川千代と結婚。翌年には長女の鮎子が生まれて家庭人としての生活をスタートする。しかし、安定した私生活を送ることと、私生活とは無関係の小説を書き続けることのギャップに苦しめられるようになっていく。

そんな谷崎の前に現れたのが千代の妹・せい子だ。結婚後

倚松庵

谷崎が1936（昭和11）年から1943（昭和28）年まで居住した「倚松庵」。谷崎潤一郎直筆の作品を展示・閲覧できる書庫もある。

兵庫県神戸市東灘区住吉東町1丁目6番50号

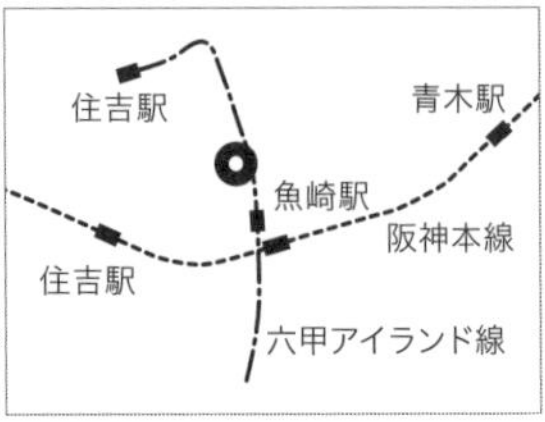

間もなくからせい子を引き取って育てていた谷崎は、貞淑で従順な妻よりも若くて美しく、奔放でわがままなせい子に惹かれていく。女優志望だったせい子の希望で映画の脚本を手がけ、そのコネを使ってせい子を女優としてデビューさせる。やがて、千代と別居してせい子と同棲したいとまで考えるようになっていた。

そんな千代に同情し、やがて恋心を抱くようになったのが佐藤春夫だ。佐藤と妻・千代が互いに想い合っていることを知った谷崎は、せい子に夢中だったこともあって千代との離婚を決意。佐藤に千代を譲ると約束する。ところが、せい子にプロポーズしたところあえなく玉砕。ショックを受けた谷崎は、佐藤との約束を反故にして千代と離婚しないと言い出した。そのため、佐藤は谷崎と絶交する。これが、文壇史上稀に見る細君譲渡事件「小田原事件」だ。

（前略）我等三人此度合議を以って千代は潤一郎と離別致し春夫と結婚致す事と相成（以下略）

谷崎潤一郎、千代、佐藤春夫連名の手紙

この顛末について、谷崎と佐藤、そして千代は三人連名の手紙をしたためて、それぞれの友人・知人たちに送った。それが、新聞にまで掲載されて世間を大いに賑わすこととなったのだ。

その後、関東大震災で横浜の自宅が全焼したのを機に谷崎は関西へと移住。そこで記者をしていた古川丁未子と結婚する。しかし、丁未子と結婚してすぐに、以前から知り合いだった人妻の根津松子とのW不倫へと突入していくことになる。やがて谷崎も松子もそれぞれ離婚してふたりは結婚。松子を最後の妻とし、松子の妹たちと暮らすなかで大作の「細雪」が完成した。

忘れられない河口湖の景色

谷崎が高く評価されたのは、純文学の世界だけではない。彼の作品については、探偵小説の大家である江戸川乱歩も言及している。乱歩は、谷崎の「途上」や「金色の死」などの作品を、後のミステリーやサスペンスなどの先駆けと位置づけた。さらに、谷崎を自らのペンネームの由来ともなったミステリー界の重鎮、エドガー・アラン・ポーにちなんで「日本のポー」とまで評している。

また、探偵小説の黎明期において海外の探偵小説の影響が大きいのは紛れもない事実だが、それでも谷崎をはじめ佐藤春夫や芥川龍之介といった大正期の作家たちの影響も少なくないとまで評価したのだ。しかし、谷崎自身は乱歩の評価を受けて、後にこれらの作品を探偵小説とは意図していなかったと語っている。

　自分で自分の不仕合わせを知らずにゐる好人物の細君の運命――見てゐる者だけがハラハラするような、――それを夫と探偵の会話を通して間接に描き出すのが主眼であった。

耽美小説の旗手、探偵小説の先駆けなど、さまざまな評価を受けた谷崎の小説だが、晩年の大作「細雪」ではその文化的価値も高く評価された。この作品は、大阪の旧家を舞台に四姉妹の日常生活の悲喜こもごもを綴ったもの。東京出身の谷崎が流麗な船場言葉で四姉妹の会話を重ねており、大阪の上流社会の生活・文化だけでなく、戦後の大阪における上流社会の崩壊までをも鮮やかに描き出し、毎日出版文化賞と朝日文化賞を受賞した。

こうした作品の評価もあり、その舞台のひとつとなった山梨県の河口湖畔には「谷崎潤一郎文学碑」が作られている。谷崎の直筆による「細雪」の一節が刻まれた、本を開いたような形の石碑だ。彼は実際にこの河口湖のすぐ近くの「富士ビューホテル」（住所：山梨県南都留郡富士河口湖町勝山五一一）に、松子夫人とともに投宿。その景色を作中に描いている。松子夫人は「敗戦後、私たちは熱海からこの地を忘れ難く訪ねた日もある」と『湘竹居追想―潤一郎と「細雪」の世界』にも書いており、谷崎夫妻にとって忘れられない土地であったのは確かなようだ。

また、谷崎作品は日本だけに限らず海外での評価も高かった。惜しくも受賞には至らなかったものの、何年にもわたってノーベル文学賞の候補に選ばれ、最終候補にまで残っていたことも。さらに、最晩年には日本人で初めて全米芸術院・米国文学芸術アカデミー名誉会員に選出されている。
そんな谷崎の死に際して、多くの人が追悼文を残している。なかでも印象的なのが三島由紀夫の文章だ。

氏の死によつて、日本文学は確実に一時代を終つた。氏の二十歳から今日までの六十年間は、後世、「谷崎朝文学」として概括されても、ふしぎはないと思はれる。

三島由紀夫「源泉の感情」

三島は谷崎を天才と評して強く憧れた一方で、明治・大正・昭和という激動の時代を生きた谷崎の作品が社会批評的なものと無縁であったことを強く批判した。三島にとって谷崎とは、愛憎相半ばする存在だったのだ。
しかし、その卓越した美意識や選び抜かれた言葉の美しさは、三島だけでなく名だたる文豪たちも「大谷崎」と一目置く。近代日本文学を代表する文豪の中の文豪といっても過言ではないだろう。

宮沢賢治　生涯を理想郷で暮らした「不遇」な農民作家

岩手が生んだ文豪の清貧伝説は本当か？

詩、小説、童話、三つの領域において日本の文学界に大きな功績を残した文豪、宮沢賢治。今となっては日本人の誰もがその名を知っており、一度は作品を読んだことがあるだろう大作家のひとりだが、賢治の人生は報われないものだった。

彼が生まれたのは一八九六（明治二十九）年のこと。実家は岩手県にある裕福な古着商だった。高校からは地元の農学校に通い、その人生のほとんどを岩手県内で、主に農学校の教員や農民として過ごしている。

現在は作家として知られているが、じつは自然科学への強い興味を持っており造詣も深かった。そのため、小学生の頃から鉱物を採集したり昆虫標本を作ることにはまっていたという。農学校でも成績優秀。当時の盛岡高等農林学校、現在でいう岩手大学の農学部に入学し、卒業後は同校の研究生になっている。教員からは助教授になるよう勧められていたという。彼はこの話を断っているが、もしこれを受けていたら、宮沢賢治の名は農学者として広く知られていたかもしれない。

これだけ長く岩手に根差した生活をしていた賢治だが、じつは学校を離れた直後には一時東京に住んでいたことがある。家業を継がせようとする父と衝突したことが原因となっており、家出同然での上京だった。そのため、東大赤門前の印刷所「文信社」で筆耕などの仕事をしつつ、文京区本郷の菊坂で貧しい下宿暮らしをしている。

この下宿跡には現在も記念碑が残されているが、彼がここに暮らしたのはわずか七カ月ほど。実家から、溺愛していた妹が病気にかかったと知らせが届き、急いで帰郷したのだ。それからは五年ほど花巻で農学校の教員を務めた後、地元農民向けの私塾「羅須地人協会」を開設。自身の農業に関する知識を教えつつ、自らも農業に勤しんだ。

そんな彼が文学に目覚めたのは、中学のころのことだ。地元出身の歌人として知られていた石川啄木の短歌にふれ、自らも短歌を書いている。学生時代から長く作品を書き溜めていたとみられるが、実際に原稿料を受け取ったのは教員時代に書いた「雪渡り」のみ。この作品は、『愛国婦人』という雑誌に掲載されている。それ以外には、詩集『心象スケッチ　春と修羅』や童話集『イーハトヴ童話　注文の多い料理店』

宮沢賢治 生家跡

第二次世界大戦末期に空襲を受け、宮沢賢治の生家は焼失してしまう。再建された建物には血縁の方が住んでおり、賢治の生家であったと示すものは、石碑があるのみとなっている。

岩手県花巻市豊沢町4-11

を出版しているが、いずれも自費出版であり、ほとんど売れなかった。

賢治はこうした人生や、仏教的な価値観を盛り込んだ童話、「雨ニモマケズ」などの有名な詩や、二十代の頭からベジタリアンとして生活していたというエピソードなどもあって、禁欲的で「清貧」だったというイメージが強い。しかし、じつはそうした印象を覆すような話も、知人の口からは少なからず語られている。


「ハバロック・エリスの性の本なども英文で読めば、植物や動物や化学などの原書と感じはちっとも違わないのです。それを日本文にすれば、ひどく挑撥的になって、伏字にしなければならなくなりますね。」

こんな風にいってから、またつづけた。

「禁欲は、けっきょく何にもなりませんでしたよ、その大きな反動がきて病気になったのです。」

自分はまた、ずいぶん大きな問題を話しだしたものと思う。少なくとも、百八十度どころの廻転ではない。天と地がひっくりかえると同じことじゃないか。

「何か大きないいことがあるという、功利的な考えからやったのですが、まるっきりムダでした。」

そういってから、しばらくして又いった。

「昔聖人君子も五十歳になるとさとりがひらけるといったそうですが、五十にもなれば自然に陽道がとじるのがあたりまえですよ。みな偽善に過ぎませんよ。」
私は、その激しい言い方に少し呆れる。
「草や木や自然を書くようにエロのことを書きたい。」

森荘已池「宮沢賢治の肖像」

これを書いたのは、賢治の弟子でもあった人物だ。このとき賢治は、カバンから春画を収めた和綴じの本を取り出してみせていたという。また、賢治は生涯童貞だったと伝説のように語られているが、この会話のなかで「実は結婚問題がまた起きましてね」といった話題が出ているだけでなく、度々遊郭を訪ねていた、一時は恋人がいたなどの証言もあり、その説には疑問が呈されているようだ。

賢治を愛し、世に送り出した詩人たち

彼が出版した童話集『注文の多い料理店』には「イーハトヴ童話」という副題が付けられている。「イーハトヴ」とは、賢治が考え、作品中に展開していた理想郷のこと。彼の童話には度々この理想郷が登場しており、彼の世界観を知るうえで非常に重要な意味を持つ。「イーハトヴ」について、まずは賢治自身の言葉を参照しよう。

イーハトヴとは一つの地名である。強て、その地点を求むるならば、大小クラウスたちの耕していた、野原や、少女アリスが辿った鏡の国と同じ世界の中、テパーンタール砂漠の遥かな北東、イヴン王国の遠い東と考えられる。
実にこれは、著者の心象中に、この様な状景をもって実在したドリームランドとしての日本岩手県である。

宮沢賢治『イーハトヴ童話　注文の多い料理店』広告文

これは、賢治が同作を自費出版した際に無償で作成してもらった広告チラシに書かれていた文章である。署名はないが、賢治が考えたものとみて間違いないだろう。「理想郷」として書き換えられているとはいえ、作品の舞台は常に岩手だったということだ。ちなみに「イーハトヴ」の名前の由来は、「岩手」の古い仮名遣い「いはて」をもじったものだという説がある。表記も「イエハトブ」「イーハトーヴォ」など複数のものがみられるが、基本的には「いはて」に近い。岩手という土地が、彼にとっていかに重要な意味を持っていたかがうかがえるだろう。

このことから、岩手県花巻市では、宮沢賢治を各所で顕彰している。この「イーハトヴ」にちなんだ「宮沢賢治イーハトーブ館」（住所：岩手県花巻市高松一丁目一‐一）や、彼の童話の世界観を再現した「宮沢賢治童話村」（住所：岩手県花巻市高松二六‐十九）など、関連施設も多く作られている。彼の作品を理解し、より深く味わいたいなら、ぜひ一度は花巻を訪れ、その空気を感じてもらいたいところだ。

ちなみに賢治の作品のなかには、いくつものバリエーションが残されているものが数多くある。賢治は、完成した作品であっても容赦なく繰り返し手を入れることで知られており、死後、彼の部屋から発見された既刊本にも、たくさんの赤字が入れられていたのだ。現行の全集では、四つもの「銀河鉄道の夜」が残されているほどだ。その違いを参照しながら作品を味わうことができるのも、賢治作品の魅力だ。

ただし、生前の賢治は作品を広く発表する機会がほとんどなく、文壇でも詩壇でも存在自体をあまり知られていなかった。しかし文人たちのなかには、まだ無名だった彼を高く評価していた人もいた。中原中也もそのひとりだ。たまたま古本屋で『春と修羅』をみつけ、感銘を受けた中也はその場で即購入。それだけにとどまらず、同書を何冊も買い集めて仲間たちに配って回ったという。

さらに、賢治を高く評価していた作家、詩人のなかでもひとり、絶対に忘れてはならないのが詩人の草野心平だ。「蛙の詩人」とも呼ばれたほど、蛙にかかわる詩を多く残しており、ページの真ん中に黒丸ひとつをおいて「冬眠」と題した詩を発表するなど、前衛的な作風でも知られている。彼は一九二五(大正十四)年まで中国にいたのだが、帰国前に送られて来た賢治の『春と修羅』を読んで強い衝撃を受けた。

日本に戻った心平は雑誌『銅鑼』を創刊した際、賢治にも声をかけ同人に誘っている。そして実際、賢治は同誌でいくつかの作品を発表した。しかし、ふたりは顔を合わせることはなく、手紙での交流を続けていた。そして一九三三（昭和八）年、賢治はもともと身体が弱かったこともあり、農業仕事などの無理がたたって肺炎で病死。その訃報を聞いた心平は、初めて賢治が暮らした岩手の土を踏むことになる。

彼は賢治の実家を訪ねて弟・清六や家族と対面。生前の賢治が残した数多くの原稿や資料を託された。それらの資料は、すべて弟によって綿密に整理されており、手紙や封筒などまで細かく残されていたという。心平の岩手訪問は、当時の新聞にも記録が残されている。

草野心平氏来縣　故宮澤賢治宅へ

福島縣出身の詩人草野心平氏は宮澤賢治氏の訃をきいて二十七日来縣、宮澤氏の遺族を訪問宮澤氏の遺稿集出版のことその他について話し合ったが午後来盛、本社訪問後生前宮沢賢治氏の好んで遊んだ小岩井農場に、宮沢氏實弟清六氏關徳彌氏その他の人々と共に遊んで宮沢賢治氏を偲んだ。

『岩手日報』（一九四三年九月二十八日）

こうして賢治の遺稿を持ち帰った心平は、その後『銅鑼』の同人たちとともにこれを整理し、『宮沢賢治追悼』を発売。さらに全集を出版するべく奔走した。

なお、賢治が残した有名な詩に「雨ニモマケズ」があるが、これは原稿として残されたものですらなかった。彼は一九三一（昭和六）年、体調を崩し、地元花巻に戻って療養生活を送っていたのだが、その最中、自身の手帳にこの詩を書き残していた。書きなぐるように残されたその詩をみた心平は、当初これを出版するべきかどうか悩んだというが、作品としての価値や賢治の心情を思い発表を決意。こうして、この名作が世に残されることになった。

不遇な生涯と高潔な人格、そして何より独自の世界観を持った素晴らしい作品で知られる文豪・宮沢賢治。彼の生涯や作品がここまで広く知られ、愛されるようになった背景には、彼の遺稿を余すことなく残し、整理していた遺族や、心血を注いでそれを出版にまでこぎつけた草野心平らの努力があったのだ。

小林多喜二　「蟹工船」のイメージの源泉となった小樽の港

労働者のために戦う文学者、小林多喜二の出発点

「蟹工船」の作者、小林多喜二は、いわゆる文学者というよりは政治活動家だったといえる。彼は一九三〇年代における「プロレタリア文学」の旗手だった。プロレタリア文学とは、簡単にいえば労働者たちのための文学である。当時の共産主義の政治運動と強く結びついており、資本家に搾取される労働者に団結して戦うことを教え、革命を促すために書かれたものだ。「蟹工船」もそのひとつで、北海道の函館から出発したある工船での事件を描いている。

大時化《おおしけ》の海に浮かぶ船の上、過酷な労働を強いられている労働者たち。彼らは狭い船室に押し込められて暮らしており、船酔いに苦しんだり、仲間が海に投げ出されるのを目撃したりするが、海の上では逃げることもできない。そんな環境に追い詰められた船員たちは、少しずつその船の監督役たちへの反乱へと向かっていくが……。

もちろんこれは小説でありフィクションなのだが、多喜二は詳細な取材のもとに本作を書いており、劣悪な労働環境や監督役たちが労働者たちへ向ける冷酷な扱いなど、労働者へのリアルな描写が多くの人々の心を打ち、プロレタリア文学運動の機運を高めた。

本作の執筆当時、日本では共産主義の政治運動は秩序を乱すとして禁止されており、共産主

義の思想を伝える作品の制作や労働者を先導するような行為も逮捕の対象となっていた。多喜二自身も、その生涯で何度も警察に追われ、逮捕されている。では、なぜそもそも多喜二はそれほどのリスクを冒してまでこうした政治運動に接近し、プロレタリア文学作品を執筆するに至ったのか。そこには、彼の経験や経歴が大きく影響している。

多喜二の実家はもともと秋田の小作農だった。秋田県大館市川口字隼人岱にある下川沿という駅の駅前には「小林多喜二生誕の地碑」という碑文が建てられている。しかし、彼がここに住んだ期間は短く、幼いうちに北海道の小樽に住んでパン屋を開業していた伯父のもとへと転居。多喜二は伯父の下で住み込みで働きながら中学校まで通った。幼いころから、自分自身も貧しい労働者のひとりとして働いていたのだ。中学卒業後は伯父の援助を受けて小樽高等商業学校に進学し、小樽市の若竹町にある実家に戻った。この家は港に近く、「蟹工船」に描かれているような工船も度々停泊していたという。この町の姿は「蟹工船」のイメージの源泉となっていたのだろう。

多喜二は後年まで、この町を深く愛していた。その思いは、一九三〇（昭和五）年、彼が刑務所に収容されていた際に同じ活動家の同志に送った手紙を読むとよくわかる。

冬が近くなると　ぼくはそのなつかしい国のことを考えて　深い感動に捉えられている
そこには運河と倉庫と税関と桟橋がある　そこでは　人は重つ苦しい空の下を　どれも背

をまげて歩いている　ぼくは何処を歩いていようが　どの人をも知っている　赤い断層を処々に見せている階段のように山にせり上っている街を　ぼくはどんなに愛しているか分からない

小林多喜二　村山籌子宛書簡（一九三〇年十一月十一日）

この言葉は現在、北海道小樽市の旭展望台のすぐそばに建てられた、多喜二の文学碑に刻まれている。こうした経験を経て高等商業学校を卒業した後、彼は地元銀行に就職するのだが、ここで職場付近の飲食店に勤める田口タキと出会う。彼女は十三歳のころから父の借金が原因で酒場で働いており、多喜二と会ったときは十六歳だった。

多喜二はタキと恋仲になり、自ら彼女を身受けした。後に彼女は多喜二の下から自立を目指して家出するのだが、こうした境遇にある人物と出会ったことが、多喜二が労働者、貧しい人々のために戦おうと考えるようになった理由のひとつだったと考えられる。多喜二にとって、北海道の町はすべて

小林多喜二生誕の地碑

小林多喜二を偲び、地元の方々によって下川沿駅前に建てられた記念碑。当初は駅構内にあったものを、駅前に移設している。

秋田県大館市川口字隼人岱下川沿駅前

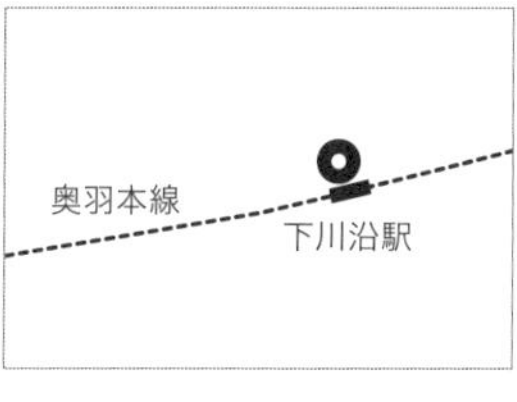

の活動の原点だったのだ。

「高畑サロン」での志賀直哉との一度きりの対面

多喜二は政治運動に出会う以前から、文学を志していた。十六歳ごろには校友会雑誌の編集委員に選ばれ、詩や短歌、短編小説などを書いている。中学卒業後も創作は続き、雑誌投稿などを行なっていたが、特に大きな転機となったのは十八歳のとき。ドストエフスキーやストリンドベリ、夏目漱石や菊池寛など、洋の東西を問わず文学作品を読んでいた多喜二が、友人に紹介されて志賀直哉の文学を知り、その虜になった。そしてそんな憧れの作家である志賀に、作品の感想を送り、手紙のやり取りを始めたのだ。

貴方の「雨蛙」、貪るように読みました。私が如きものが読後感を書くなんて、僭越の限りですが、貴方の作品の最も熱心な読者の一人の言葉として、お聞き流しください。

（中略）

それからここに送った「ロクの恋物語」は昨年の九月の作です。ある雑誌に出したのですが、友人や先輩から色々のことを云われました。実に不満です。改作をしようと思っています。それには、是非貴方の御考えもお聞きしたいのです。

小林多喜二　志賀直哉宛書簡（一九二四年一月）

こうした交流は十年以上も続いており、一九三〇（昭和五）年には、実際に顔を合わせる約束までしている。当時、志賀は文壇の大御所だったが休筆中、多喜二は「蟹工船」などの作品を発表し、プロレタリア文学作家のひとりとして評価されていたころだ。この時期のプロレタリア文学は文壇のなかでも勢いのある一派で、多喜二はその一員として日本各地で文学講演会に出席することになっていた。志賀の住む関西地方で行なわれる講演会にも参加する予定だったため、これを利用して奈良の志賀の家に立ち寄ろうと考えたのだ。

しかし旅行に出発する直前、多喜二は公安に逮捕されてしまい、この計画は頓挫してしまう。そして翌年の初め、ようやく釈放された多喜二は再び志賀に手紙を出している。

ごぶさたしました。

出てきてから、改造社の記者と会い、わざく差し入れまでして下さろうとした御好意を知り、非常に嬉しく思いました。今、元気で居ります。ご安心下さい。

「蟹工船」は改訂版ならあるのですが、一字も伏字のない「一九二八年三月一五日」と一緒にある「蟹工船」を是非贈りたいと思ったので、今迄おくれたのです。

小林多喜二　志賀直哉宛書簡（一九三一年六月八日）

この手紙からもわかる通り、志賀は逮捕された多喜二に差し入れを送り、支援しようとしていた。それだけ彼は多喜二を評価していたのだろう。そしてこのとき送られた作品「オルグ」「蟹工船」「一九二八年三月一五日」についても後に非常に長い手紙を送り、そのなかで、プロレタリア文学全般についてもふれながら詳しく講評している。

プロレタリア芸術の理論は何も知りませんが、イデオロギーを意識的に持つ事は如何なる意味でも弱くなり、悪ひと思ひます。

作家の血となり肉となったものが自然に作品の中で主張する場合は兎も角、何かある考へを作品の中で主張する事は芸術としては困難な事で、よくない事だと思ひます。運動の意識から全く独立したプロレタリア芸術が本統のプロレタリア芸術になるのだと思ひます。

志賀直哉　小林多喜二宛書簡（一九三一年八月七日）

この志賀の見方は芸術家、文学者としてのものであり、当時のいわゆるプロレタリア文学の考えに即したものではない。しかし多喜二はこれに深く感謝し、同年の十一月にはついに奈良を訪れ、念願だった志賀との対面を果たしている。このころ志賀が住んでいたのは、奈良県奈良市高畑にある、志賀自身が設計した家だ。ここには多喜二のほかにも小林秀雄や谷崎潤一郎など数多くの文人が訪れ「高畑サロン」とも呼ばれていたという。現在も「志賀直哉旧居」として残され、セミナーなどで利用されている。

　こうして志賀に学ぶことができた多喜二だが、その後彼は作家として創作に勤しみつつ、共産主義者としては地下に潜り活動を継続。そして一年あまりが過ぎた一九三三(昭和八)年二月、彼は再び逮捕され、そのまま最期のときを迎えることになる。

主義に生き、主義に死ぬ　小林多喜二の最期

　多喜二の壮絶な最期については広く知られている。当時の特高、特別高等警察に逮捕された彼は、築地警察署へと運ばれ、激しい尋問を受けて獄死したのだ。当初は一緒につかまった同志に対して「もうこうなっては仕方がない。お互に元気でやろうぜ」と声をかけていた多喜二だったが、その態度が警官たちの神経を逆なでしたのか、真冬だったにもかかわらず、すぐに丸裸にされ、太いステッキで何度も殴りつけられたという。この尋問を受けたのちに監房に移された多喜二の様子について、同じ警察署に拘留されていた人物による記録が残されている。

　私たちは同志を移転させ、毛布を敷き、枕をあてがった。そして、彼の着物をまくって見た。「あっ」と私は叫んだ。のぞきこんだ看守も「おう……」と、うめいた。
　私たちが見たものは「人の身体」ではなかった。膝頭から上は、内股といわず太腿といわず、一部のすき間もなく一面に青黒く塗りつぶしたように変色しているではないか。どういうわけか、寒い時であるのに股引も猿又もはいていない。さらに調べると、尻から下

腹にかけてこの陰惨な青黒色におおわれているではないか。

岩郷義雄「小林多喜二の最期を回想して」

想像するだけでも胸が悪くなるような描写からは、多喜二が受けた仕打ちのひどさがうかがえる。彼はこれだけの拷問を受けながら仲間の情報は漏らさずに死んでいったという。この最期は、共産主義者の同志たちを励まし、彼をひとりの英雄ともいえる存在へと押し上げた。

彼の遺体は当時の杉並町馬橋三-三七五、現在の東京都杉並区阿佐谷南二丁目二二-二にあった自宅へと運ばれた。その訃報はすぐに多くの同志に知られ、仲間たちが弔問に駆け付けている。しかし当時の特高はこれを逆手に取り、自宅周辺に警官を派遣。訪れた人々を片っ端から捕まえ、杉並警察署に拘置して尋問していた。

警察は、殺した小林多喜二の猶生きつづける生命の力を畏れて、通夜に来る人々を片端から杉並警察署へ検束した。供えの花をもって行った私も検束された。「小林多喜二を何だと思って来た!」そう詰問された。「小林は日本に類の少い立派な作家だと思うから来ました」「何、作家だ?」背広を着た特高は、私をつかまえて引こんだ小林の家の前通りの空家の薄暗い裡で大きい声で云った。

「小林は共産党員じゃないか、人を馬鹿にするな!」

「そうかもしれないが、それより前に、小林多喜二は、立派な文学者ですよ」
「理屈なんかきいちゃいられない。サア、行くんだ」

宮本百合子「今日の生命」

これは同じプロレタリア作家だった宮本百合子が書いたもの。弔問客は多く、警察署はこうして連れていかれた人々ですぐに一杯になったという。なお、多喜二が獄死したのは、奇しくも彼が敬愛した文豪、志賀の誕生日と同じ日だった。

小林多喜二二月二十日（余の誕生日）に捕へられ死す、警官に殺されたるらし、実に不愉快、一度きり会はぬが自分は小林よりよき印象をうけ好きなり　アンタンたる気持ちになる

志賀直哉　日記より

彼の葬儀はその後、彼の作品「一九二八年三月十五日」にあやかって、一九三三（昭和八）年三月十五日に、築地小劇場（東京都中央区築地二丁目十二‐三）で行なわれた。この劇場は、戦前のプロレタリア劇団が多く公演を打った彼らにとってのメッカともいうべき場所で、現在も「築地小劇場跡」という碑が残されている。多喜二の葬儀には、もちろん多くの同志が参列していた。また、共産党系の機関誌や雑誌などで彼の追悼号が組まれ、そこには国外からも、

たくさんの弔辞や警察に対する抗議が寄せられている。こうした言葉は、当時の世論に多大な影響を与えた。

弔辞のなかには、志賀直哉からの言葉もあった。ひとりの文学者として、政治活動家としての多喜二の人生は、日本や世界を動かすための大きな礎となったといえるだろう。

中島敦　横浜高等女学校の教卓に置かれた一輪のバラ

意外にも強かった南洋への思い

隴西《ろうさい》の李徴《りちょう》は博学才穎《さいえい》、天宝の末年、若くして名を虎榜《こぼう》に連ね、ついで江南尉《こうなんい》に補せられたが、性、狷介《けんかい》、自《みずか》ら恃《たの》むところ頗《すこぶ》る厚く、賤吏《せんり》に甘んずるを潔《いさぎよ》しとしなかった。

中島敦「山月記」

なんとも難解な書き出しで始まる中島敦の「山月記」。高校の現国の教科書に掲載されているので、授業で読んだ記憶があるという人も多いだろう。

この「山月記」は、成績優秀な若き秀才がさらに大きな名声を得るために詩人を目指すのだが、夢に破れて虎になってしまうという物語。中国・清朝の説話集「唐人説薈《せつれい》」の「人虎伝」が素材とされており、格調高い文章から著者の深い知性と教養が感じられる。

中島敦は、東京帝国大学（現在の東京大学）を卒業した秀才だ。一九〇九（明治四十二）年に東京都四谷区、四谷箪笥町五十九番地に生まれた彼は、幼い頃から成績優秀で、中学一年で既に儒教の四書五経を読破するなど多くの和漢書に親しみ、英語や数理学科の成績も良かったという。漢学の教師をしていた父の仕事の都合で、十一歳からの五年半という多感な少年時代を朝鮮半島で過ごし、飛び級で第一高等学校（現在の東京大学教養学部）に合格。東京帝国大学の国文学科を卒業している。在学中には、永井荷風、谷崎潤一郎、正岡子規、上田敏[*1]、森鷗外らのほぼ全作品を読破。さらには、ポーやボードレール、ワイルドなど欧州の耽美派と呼ばれる作家たちの作品を読み漁った。卒業論文では、谷崎潤一郎の作品を「耽美派の研究」と題して論じている。まさに文学青年といえるだろう。

彼は一高に入学して二年目に肋膜炎を罹患。一年の間学校を休学し、満州や別府の温泉地などで療養を重ねている。同校の「校友会雑誌」に「下田の女」という作品を発表しているので、このころから創作が始まったものと考えられる。大学を卒業してからは教員をしつつ、引き続き小説を執筆し雑誌の文学賞に応募したこともあったが、なかなか思うような評価を得られなかった。そんなころ、友人たちを介して知り合った作家の深田久弥[*2]から作品評を受けるようになる。

しかし、持病の喘息が悪化したため、南島のパラオでの転地療養を決意。南洋庁に就職、教科書編集書記の仕事に就いてパラオへと旅立った。ところが雨の多いパラオでは喘息の改善は見られないばかりか悪化の一途を辿り、さらに赤痢やデング熱に見舞われるなど仕事もままならない状態となる。そして、わずか一年で東京勤務を希望して帰国の途につくのだった。

パラオへと立つ前、中島は深田に自分の原稿を託していたのだが、深田が原稿に目を通したのは半年後のことだった。しかし、深田が一読して中島の作品世界の奥深さに感銘を受け、『文學界』に作品を推薦する。このとき預けられていたのが、現在彼の代表作ともいえる存在になっている「山月記」や、「光と風と夢」の原型でもある「ツシタラの死」などだった。そしてようやく、一九四二（昭和十七）年二月号の『文學界』に「山月記」や「文字禍」が掲載される。さらに続けて「ツシタラの死」を掲載するために、作品をもう少し短縮してほしいという連絡が届いた。こうして発表されたいくつかの作品が話題となり、文壇を中心に中島敦の名が一気に知れ渡ることになる。

一方、中島がパラオから東京へ戻ったのは、作品が『文學界』に掲載されて間もない三月のこと。帰国後の中島は世田谷で療養生活を送っていた。そんな彼のもとへは、出版社から原稿執筆の依頼が舞い込むようになり、作家専業で生活できるようになる。さらに同年の『文學界』五月号に「光と風と夢」が掲載されて芥川賞候補となるなど、ようやく中島は人気作家への第一歩を踏み出すこととなった。

芥川賞候補となった「光と風と夢」は実在するイギリス人作家、スティーブンソンの南島サモアでの晩年の生活を描いた作品。伝記的ではあるが、スティーブンソンの抱えた肺病のことや、創作と人生への思いなどには中島との共通点も多く、そこには彼自身の南島での経験やみてきたもの、死を前にしての思いなどが託されている。

＊1　一八七四－一九一六年、東京都生まれ。評論家、詩人、翻訳家。訳詩集「海潮音」で知られ、多くのフランス詩人を日本に紹介した人物である。
＊2　一九〇三－一九七一年、石川県生まれ。小説家、随筆家であり、登山家でもある。代表作は「日本百名山」。

一八八四年五月の或夜遅く、三十五歳のロバァト・ルゥイス・スティヴンスンは、南仏イエールの客舎で、突然、ひどい喀血に襲われた。駈付けた妻に向って、彼は紙切に鉛筆で斯《こ》う書いて見せた。「恐れることはない。之が死なら、楽なものだ。」血が口中を塞《ふ》さいで、口が利けなかったのである。

爾来《じらい》、彼は健康地を求めて転々しなければならなくなった。南英の保養地ボーンマスでの三年の後、コロラドを試みては、という医者の言葉に従って、大西洋を渡った。米国も思わしくなく、今度は南洋行が試みられた。

中島敦「光と風と夢」

同作は選考委員の川端康成と室生犀星に高く評価されたが、残念ながら受賞には至らなかった。このことについて、川端は後に「(石塚友二の「松風」と、中島敦の「光と風と夢」)二篇が芥川賞に価しないとは、私には信じられない」とコメントを寄せている。このほかにも、「環礁——ミクロネシヤ巡島記抄——」や「南島譚」のシリーズなどが、南島での経験から生まれている。こうした作品群がさらに早く世に出ていれば、「南洋の作家・中島敦」といったイメージはより強く世に定着していたかもしれない。

そうこうするうちに、十一月になると中島は体調を崩し、世田谷区一丁目にある岡田医院に入院。治療を受けていたが、容体は回復せず、そのまま十二月四日に同病院で妻に看取られながら息を引き取ってしまう。中島が専業作家として生きたのは半年あまり、しかもわずか三十三年という短い生涯だった。最後には「書きたい、書きたい」「俺の頭の中のものを、みんな吐き出してしまいたい」と言い残したと伝えられている。

中島の死後、「論語」を題材とした「弟子」や、「史記」をベースとした「李陵」などが発表され、全三巻の『中島敦全集』は毎日出版文化賞を受賞するなど、その作品は高く評価された。

三島由紀夫は中島のことを「夜空に尾を引いて没した星のやうに、純粋な、コンパクトな、硬い、個性的独創的な、それ自体十分一ヶの小宇宙を成し得る作品群を残したことで、いつまでも人々の記憶に、鮮烈な残像を留めている」作家として高く評価している。

国内唯一とも呼べる「聖地」は横浜

中島はわずか三十三年という人生のなかで、病魔に振り回され、朝鮮やパラオといった海外に滞在していた作家だ。そして作家として評価を受けてからの期間が短いこともあり、日本国内での記録はかなり少ないといっていいだろう。しかしそんななかでも、一カ所、いわゆる「聖地」と呼べる地が国内にある。それは、彼が大学卒業後に教師として赴任し、執筆を始めてからもっとも長い期間を過ごした神奈川県横浜市だ。

中島が大学を卒業したころはちょうど就職難で、なかなか思うような職には就けなかった。そこで彼は、コネを駆使してなんとか横浜高等女学校に教師の職を得ている。現在、同校は横浜学園高等学校と名を変えており、横浜市磯子区にあるが、中島が勤めた当時は中区の元町三丁目にあった。現在この場所は横浜学園附属元町幼稚園となっており、同園の運動場の奥には横浜学園が設置した「中島敦『山月記』文学碑」が立てられ、入り口にはその案内板が掲げられている。幼稚園の敷地内ではあるが見学も可能だ。

分厚い丸眼鏡をかけて国語と英語、歴史、地理の教師として教壇に立つ中島の授業は、厳しいながらも分かりやすいと好評で、生徒たちから人気があった。作品の印象から、少々生真面目で陰鬱なイメージがあるが、実際の中島はとても明るい人気者だったという。なかには彼を慕い、授業の前にはバラを一輪挿した花瓶を教卓に置き、授業が終わるとそれを片付けることで敬愛を示した生徒もいたという話が、半ば伝説として伝わっているほどだ。

また、中島はここに住んだ時期に、教師としての仕事の傍ら、登山や音楽鑑賞、園芸、旅行など多彩な趣味を楽しんでもいた。さらに、学生時代から交際していた橋本タカと結婚

神奈川県横浜市中区山手町110

神奈川近代文学館

夏目漱石特別コレクション、中島敦文庫など、所蔵資料が120万点を超える大充実の文学館。多彩な文学展が開催され、講演会や朗読会も行なわれているのでぜひ足を運びたい。

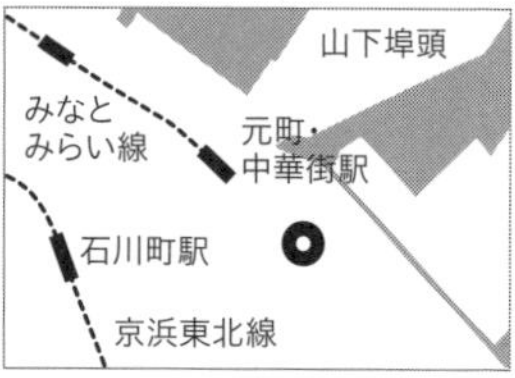

もしている。彼にとって、この横浜での暮らしは、創作においても実生活においても実りの多いものだったといえる。

そのため、パラオからの帰国後、喘息という病魔と闘いながら世田谷で暮らしていた間も、中島は住み慣れた横浜で暮らすことを希望していた。そんな縁から、中島の直筆原稿などの多くは、現在では神奈川近代文学館に所蔵されている。中島敦ファンなら押さえておきたいメッカといえるだろう。

参考文献

第一章

鏡花全集　岩波書店　一九四〇〜一九四二年
日本の作家１００人 泉鏡花―人と文学　眞有澄香　勉誠出版
二〇〇七年
紅葉全集　岩波書店　一九九三〜一九九五年
露伴叢書 上　博文館　一九〇九年
父・こんなこと　幸田文　新潮社　一九五五年
鷗外先生・荷風随筆集　永井荷風　中央公論新社　二〇一九年
田山花袋全集　文泉堂書店　一九七三〜一九七四年
藤村随筆集　岩波書店　一九八九年
国木田独歩 人と作品16　福田清人 本多浩　清水書院　一九六六年
失われた近代を求めてII「自然主義」と呼ばれたもの達　橋本治　朝日
新聞出版　二〇一三年

第二章

漱石全集　岩波書店　二〇一六〜二〇二〇年
子規と漱石 友情がはぐくんだ写実の近代　小森陽一　集英社
二〇一六年
漱石の地図帳―歩く・見る・読む　中島国彦　大修館書店　二〇一八年
慶応三年生まれ 七人の旋毛曲り　坪内祐三　マガジンハウス　二〇〇一年
蝸牛庵訪問記　小林勇　講談社　一九九一年
子規全集　改造社　一九二九〜一九三一年
明治文学研究　瀬沼茂樹　法政大学出版局　一九七四年
俳句研究　第七巻第十二号　改造社　一九四〇年
思い出の人々　武者小路実篤　講談社　一九六六年
志賀直哉全集　岩波書店　一九九八〜二〇〇二年
志賀直哉交友録　阿川弘之編　講談社　一九九八年
芥川龍之介全集　岩波書店　一九九五〜一九九八年
田端文士村　近藤富枝　中央公論新社　一九八三年
日本の作家１００人 芥川龍之介―人と文学　海老井英次　勉誠出版
二〇〇三年
室生犀星全集 巻13　非凡閣　一九三七年
室生犀星 人と作品23　福田 清人 本多浩　清水書院　一九六九年
父 犀星と軽井沢　室生朝子　毎日新聞社　一九八七年
泥雀の歌　室生犀星　実業之日本社　一九四二年
我が愛する詩人の伝記　室生犀星　中央公論社　一九五八年
加賀金沢・故郷を辞す 室生犀星 星野晃一　講談社　一九九三年
大森 犀星 昭和　室生朝子　リブロポート　一九八八年
萩原朔太郎全集　筑摩書房　一九七五〜一九七八年
萩原朔太郎　飯島耕一　角川書店　一九七五年
父・萩原朔太郎　萩原葉子　筑摩書房　一九五九年
萩原朔太郎　磯田光一　講談社　一九八七年
菊池寛の仕事　井上ひさし こまつ座　文藝春秋　一九九九年
菊池寛急逝の夜　菊池夏樹　白水社　二〇〇九年
日本の作家１００人 菊池寛―人と文学　小林和子　勉誠出版
二〇〇七年
阿部真之助選集　大宅壮一他編　毎日新聞社　一九六四年

第三章

川端康成全集　新潮社　一九八〇〜一九八四年
群像 日本の作家13 川端康成　田久保英夫・他　小学館　一九九一年
定本 横光利一全集　河出書房新社　一九八一〜一九九九年
近代作家伝 上下巻　村松梢風　創元社　一九五一年
台上の月　中山義秀　新潮社　一九六三年
梶井基次郎全集　筑摩書房　一九八六年
梶井基次郎　中谷孝雄　筑摩書房　一九六九年
文士の風貌　井伏鱒二　福武書店　一九九三年
決定版 三島由紀夫全集　新潮社　二〇〇〇〜二〇〇六年

日本の作家100人 三島由紀夫―人と文学　佐藤秀明　勉誠出版
二〇〇六年
文芸 一九六六年二月号　河出書房新社　一九六六年
小林秀雄全集　新潮社　二〇〇一～二〇一〇年
兄 小林秀雄　高見沢潤子　新潮社　一九八五年
作家の顔　小林秀雄　新潮社　一九六一年
日本の作家100人　小林秀雄―人と文学　細谷博　勉誠出版
二〇〇五年
人間の建設　小林秀雄 岡潔　新潮社　二〇一〇年
わが人生の時の人々　石原慎太郎　文藝春秋　二〇〇五年

第四章

新編 中原中也全集　角川書店　二〇〇一～二〇〇四年
中原中也　大岡昇平　角川書店　一九七四年
中原中也との愛 ゆきてかへらぬ　長谷川泰子　角川書店　二〇〇六年
中原中也　大岡昇平　講談社　一九八九年
生と歌―中原中也その後―　大岡昇平　角川書店　一九八二年
「酒」と作家たち　浦西和彦編　中央公論新社　二〇一二年
太宰治全集　筑摩書房　一九九九年
小説 太宰治　檀一雄　審美社　一九七二年
井伏鱒二全集　筑摩書房　一九九六～一九九九年
井伏鱒二全集 第10巻 増補版　筑摩書房　一九七四年
日本の作家100人 井伏鱒二―人と文学　松本武夫　勉誠出版
二〇〇三年
文壇資料 阿佐ヶ谷界隈　村上護　講談社　一九七七年
坂口安吾全集　筑摩書房　一九九八～二〇一二年
織田作之助全集　文泉堂出版　一九九五年
檀一雄全集　新潮社　一九七七～一九七八年
堕落論・特攻隊に捧ぐ　坂口安吾　実業之日本社　二〇一三年

第五章

江戸川乱歩全集　講談社　一九七八～一九七九年
江戸川乱歩 新潮日本文学アルバム　新潮社　一九九三年
戦中派天才老人・山田風太郎　関川夏央　筑摩書房　一九九八年
鷗外全集　岩波書店　一九七一～一九七五年
森鷗外 新潮日本文学アルバム　新潮社　一九八五年
鷗外と脚気―曾祖父の足あとを訪ねて　森千里　NTT出版　二〇一二
年
群象 日本の作家2 森鷗外　池澤夏樹・他　小学館　一九九二年
靴の音　森茉莉　筑摩書房　一九五八年
啄木全集　筑摩書房　一九六七～一九六八年
谷崎潤一郎全集　中央公論社　一九八一～一九八三年
永井荷風・谷崎潤一郎 明治の文学 第25巻　筑摩書房　二〇〇一年
日本の作家100人 谷崎潤一郎―人と文学　山口政幸　勉誠出版
二〇〇三年
【新】校本宮沢賢治全集　筑摩書房　一九九五～二〇〇九年
宮沢賢治の肖像　森荘已池　津軽書房　一九七四年
岩手日報　一九四三年九月二八日　岩手日報社　一九四三年
小林多喜二全集　新日本出版社　一九六八～一九六九年
小林多喜二　手塚英孝　新日本出版社　二〇〇八年
民主評論　一九四八年二月　民主評論社　一九四八年
中島敦全集　筑摩書房　二〇〇一～二〇〇二年
宮本百合子選集 第9巻　新日本出版社　一九六九年
随筆明治文学3 人物篇・叢話篇　柳田泉　平凡社　二〇〇五年
中島敦 生誕100年、永遠に越境する文学　河出書房新社　二〇〇九
年
中島敦の遍歴　勝又浩　筑摩書房　二〇〇四年

文豪聖地巡礼

監修	朝霧カフカ
編集	冨士原大樹（オフィス三銃士）、松本一希（オフィス三銃士）
ライティング	多田慎哉
発行人	古森 優
イラストレーション	鈴木次郎
デザイン	赤松由香里（MdN Design）
DTP	石原崇子
担当編集	山口一光
発行	立東舎
印刷・製本	株式会社シナノ

Printed in Japan

定価はカバーに表示しております。

落丁・乱丁本はお取り替えいたします。本書記事の無断転載・複製は固くお断りいたします。